暮らしの歳時記365日

俳句αあるふぁ編集部 編

毎日新聞出版

はじめに

この本は、日々の暮らしを詠んだ俳句を、一年三百六十五日の日付に沿って、一日一句ずつ掲載しています。歳時記の季語の分類で「行事」「生活」にあたる季語を使った句に加えて、幅広く暮らし全般を詠んだ句を集めました。楽しく読んで頂けるよう、句や季語の解説、美しい写真を添えました。

俳句は、もともと江戸時代に庶民の間で大流行した俳諧連歌（はいかいれんが）の冒頭の発句（ほっく）から生まれたもので、庶民の詩といわれ、ずっと人々の暮らしとともにありました。

いまも新聞や雑誌の投稿コーナーにはたくさんの句が寄せられ、テレビ番組でも俳句は大人気で、多くの人が吟行や句会を楽しんでいます。専門俳人ではない一般の人が、これだけ広く詩に親しんでいる国は珍しいのではないでしょうか。

春、夏、秋、冬と巡る美しい自然とともに生きてきた日本人は、移りゆく季節を日々の暮らしに取り入れ、季節に思いを重ねて、俳句に詠んできたのです。

「街の雨鶯餅がもう出たか　富安風生」と和菓子に春を感じ、「張りとほす女の意地や藍ゆかた　杉田久女」と、夏らしい装いに強い思いを込めます。

松尾芭蕉は「秋深き隣は何をする人ぞ」と深まる秋に人恋しさを感じ、安住敦は「しぐるるや駅に西口東口」と、時雨降る冬の駅に行き交う人々をみつめました。

人々の暮らしは、時代とともに変わってきました。

「馬洗う」（夏）「消炭（けしずみ）」（冬）など、時代の変化にともない使われなくなった季語はたくさんあります。

重労働で天然の塩を造る「塩田（えんでん）に百日筋目つけ通し　沢木欣一」（夏）や、田畑を荒らす鹿を防ぐ「淋しさに又銅鑼（どら）うつや鹿火屋守（かびやもり）　原石鼎」（秋）の情景など、季語や時代背景などを知らないと、いまでは理解しにくい句もあります。

しかし時代が変わり、暮らしぶりが変わっても、人の心は変わりません。だからこそ、世界で一番短いたった十七音の詩、俳句が私たちの心を深く揺さぶるのです。

俳句を通して、いまあらためて、お正月に門松を立て、十五夜に月を眺めてお月見団子を食べ、冬至に柚子湯につかるといった、繊細な感覚で四季折々に豊かな文化を生み出してきた古くからの日本人の暮らしを見つめてみましょう。そして、戦争や災害など時代の波にもまれながら、日々俳句を詠み続けてきた人々の思いに心を寄せてみてください。

変わりゆく暮らしのなかで、俳句はこれからもどんどん詠まれてゆくでしょう。従来の歳時記にはなかった「ハロウィン」など新しい季語も生まれています。「風邪心地ノートパソコン点滅す　小澤實」「コンビニのおでんが好きで星きれい　神野紗希」など現代に生きる作者の思いにも心を重ねながら、忙しい日々のなかで、季節を感じ、ほっとするような豊かな時間を過ごして頂ければ幸いです。

俳句αあるふぁ 編集部

出典：本書は「俳句αあるふぁ」二〇一九年春号から二〇二〇年冬号まで掲載された「暮らしの歳時記365日」に加筆、訂正を加えたものである。

目次

はじめに 3
4月 9
5月 23
6月 37
7月 51
8月 65
9月 79
10月 93
11月 107
12月 121

1月　135
2月　149
3月　163
エッセイ　新しい暮らしの風景　神野紗希　177
季語索引　193
俳句人名索引　200

凡例

- 本書は四月一日から三月三十一日まで、日付に沿って一日一句を掲載、句や季語の解説を付したものである。日付、旧暦、二十四節気、月齢、俳句、季語とその季節、作者名を記し、解説を加えた。
- 旧暦は毎年異なる。日付の下の旧暦は二〇一九年から二〇二〇年のものである。
- 二十四節気（立春、雨水など）も二〇一九年から二〇二〇年のものである。
- 俳句のなかで誤読や難読のおそれがある文字、俳句独特の読みをするものには、ふりがなをつけた。ふりがなは新仮名遣いとした。
- 季語の表記は基本的に句の表記に合わせたが、わかりやすくするため一般的な歳時記の表記に合わせたものもある。原句が旧仮名遣いでも、季語は新仮名遣いとした。

4月 【卯月(うづき)・卯花月(うのはなづき)】

「天下第一の桜」タカトオコヒガンザクラ（長野県伊那市・高遠城址公園）

4月1日 旧2月26日

花衣（はなごろも）ぬぐやまつはる紐いろいろ

花衣　春　杉田久女（すぎたひさじょ）

花衣は花見に着ていく晴れ着。花見のあとの甘い疲れのなか、着物を脱いでいきます。足元にまとわりつく華やかな色とりどりの紐。美しく妖艶な情景です。大正八年作。女性を縛る紐を解き自由に羽ばたきたいという思いもうかがえる、時代を象徴する一句です。

4月2日 旧2月27日

前略と書いてより先囀れり

囀　春　岡田史乃（おかだしの）

春、鳥たちが高らかに歌い上げる季節です。「前略」と手紙を書き始めたとき、美しい鳥の囀りが響きました「囀」は恋の歌であり、縄張り宣言でもあります。思わず手を止めて耳を澄ませます。

囀る鶯

4月3日 旧2月28日

覇者に紙ふぶき敗者に花吹雪

花吹雪　春　太田寛郎（おおたかんろう）

試合が終わりました。勝者と敗者、そのどちらも力をつくして闘いました。喜びを爆発させる勝者に、盛大に舞う紙吹雪。そして風に桜が舞い散り、涙をこらえる敗者をやさしく包み込みます。美しい花吹雪の情景です。

4月4日 旧2月29日

あたたかや挨拶長き京言葉

あたたか　春　田畑三千女（たばたみちじょ）

のどかな春、話も弾み、もともと丁寧で悠長な京言葉の挨拶がさらに長くなります。十二歳の時、京都祇園の舞妓として虚子と出会い、小説「風流懺法（ふうりゅうせんぽう）」のモデルとなった三千女。その後「ホトトギス」同人となりました。

4月5日　旧3月1日　清明

入学のどれも良き名のよき返事　松倉（まつくら）ゆずる

入学　春

今日は入学式。名前を呼ばれ大きな声で返事をする子供たち、みな元気いっぱいです。両親が願いを込めてつけたどの名前にも生命が宿っています。これからそれぞれの素晴らしい人生を歩んでゆくのです。

4月6日　旧3月2日

鞦韆（しゅうせん）は漕ぐべし愛は奪ふべし　三橋鷹女（みつはしたかじょ）

鞦韆　春

鞦韆は漕ぐもの、そして愛は奪うもの。強烈な一句です。鞦韆はぶらんこのことで、古くは中国の官女が裳裾（もすそ）を翻して漕いだエロティシズムがこの季語の本意にはあります。老いに近づく鷹女が自らを鼓舞しているようです。

入学式（秋田県）

4月7日 旧3月3日

まんまるくお尻濡らせり汐干狩

汐干狩　春　星野恒彦（ほしのつねひこ）

「まんまるく」から、潮干狩に夢中の可愛い子供の姿が目に浮かびます。旧暦三月三日頃は大潮で潮干狩に最適な時期とされ、潮干狩は江戸時代から花見や紅葉狩と同じく季節の風物詩となりました。

4月8日 旧3月4日 仏生会

虚子の忌の大浴場に泳ぐなり

虚子忌　春　辻（つじ）桃子（ももこ）

俳壇の巨人、高浜虚子の忌日に大浴場でゆったりと泳いでいます。一見破天荒にも感じられる、大胆

潮干狩（大阪府貝塚市）

で自在な一句。昭和五十六年、三十六歳の作です。虚子が築いた花鳥諷詠の悠々たる世界に身を委ね、ひとり思うまま戯れます。

4月9日　旧3月5日

陽炎(かぎろ)へるものはと見れば塵取か

陽炎う　春　池内(いけのうち)たけし

いつも使っている塵取が、日常を離れ、ゆらゆらと揺れる美しく不思議な存在として、現実の向こうに感じられます。「陽炎(かげろう)」は古くは「かぎろひ」と読み、「もゆる」や「春」の枕詞(まくらことば)として使われました。

4月10日　旧3月6日

後の世を土に聞きたく種を蒔く

種蒔　春　北見弟花(きたみていか)

おいしいお米を作るため、心を込めて種蒔をします。この先どうなるのか、先の見えない時代、土だけは確かな存在として信じられます。「種蒔」は苗代(なわしろ)に種籾(たねもみ)を蒔くこと。それ以外の種を蒔くのは「物種蒔く」といいます。

4月11日　旧3月7日

パン買ひに雀がくれを踏みゆけり

雀がくれ　春　津久井健之(つくいたけゆき)

「雀隠れ」は、春、萌え出た草が雀が隠れるほどの丈に伸びたさまを表す季語です。パンを買いに行くときに踏んだ草を、あ、これが雀隠れだなと意識しました。日々の暮らしの中に、季語が息づいています。

種籾

4月12日 旧3月8日

定年後大志なければ朝寝せる　関森勝夫（せきもりかつお）

朝寝　春

定年後ののんびりした暮らし。それに加え、春は気持ち良くてついつい朝寝をしてしまいます。明け方の眠たさに身を任せ、うつらうつらしているうちに寝過ごしてしまうのです。「朝寝」は春、「昼寝」は夏の季語になっています。

4月13日 旧3月9日

便所より青空見えて啄木忌　寺山修司（てらやましゅうじ）

啄木忌　春

便所という、狭く暗い場所から見上げる、明るく輝くはるかな青空。困窮の中で希望を求めた石川啄木の思いと響き合います。早熟の天才、寺山修司の代表作のひとつ。十代のフレッシュな感覚が溢れます。

4月14日 旧3月10日

遠足の列大丸の中とおる　田川飛旅子（たがわひりょし）

遠足　春

華やかな大丸デパートの中を歩く遠足の子供たちの列。意外な光景に驚く大人たち。情景がありありと目に浮かびます。『花暦』（昭和三十年刊）の一句。当時はデパートも社会科見学のひとつだったのでしょう。

遠足

4月15日 旧3月11日

生きかはり死にかはりして打つ田かな　村上鬼城（むらかみきじょう）

田打　春

田打（たうち）は、苗代（なわしろ）で早苗が育つ間に、土を掘り起こし田植の準備をする作業。重労働に耐え、先祖代々田を耕してきた人の生涯を切実に詠みました。生まれて生きて、死んでいっても、人の営みは変わらず受け継がれてゆくのです。

4月16日 旧3月12日

独活（うど）食うて世に百尋（ひゃくひろ）も後れけり

独活　春　榎本好宏（えのもとよしひろ）

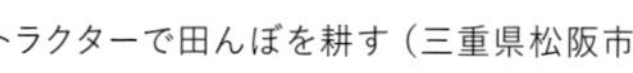

トラクターで田んぼを耕す（三重県松阪市）

独活を食べていると、この世から遠く取り残されてしまったような気がします。尋（ひろ）は古代の中国や日本で使われた長さの単位で、一尋（約一・八一六メートル）は大人が両手を一杯に広げた長さ。百尋とはまさに仙人の境地ですね。

独活の収穫（岐阜県高山市）

春の浜（三重県津市）

4月17日　旧3月13日

ビニル傘ビニル失せたり春の浜

春の浜　春　榮猿丸（さかえさるまる）

ゆったり波が打ち寄せる春の浜辺に、骨だけになって転がる安物のビニル傘。砂に細い影を落とし、何かのオブジェのようで心に響きます。決して美しいとはいえない日常のチープな素材や情景が、詩的情景に昇華されました。

4月18日　旧3月14日

めつたには落ちぬ吊橋春の山

春の山　春　亀田虎童子（かめだこどうし）

たまに落ちるということかと、思わず笑ってしまいます。そんな話をしながら仲間と山を歩くのも楽しそうですね。老いて自在、おおらかで軽妙。平成二十九年、卒寿（九十歳）を自祝して刊行した句集『日常』の一句です。

4月19日　旧3月15日

足組んで春が深しと思ひをり

春深し　春　石田郷子（いしだきょうこ）

桜の季節も終わり、汗ばむような陽気の日も増えて、いよいよ春も盛りを過ぎていこうとしています。足を組んで座った時、足と足の触れ合う身体の感覚で、しみじみと春の深まりを実感しました。

祖谷のかずら橋（徳島県三好市）

畦塗（神奈川県小田原市）

4月20日 旧3月16日　穀雨

畦塗るやちちははの顔映るまで

畦塗る　春　若井新一

田を耕す田打の後、水が漏れないように畦を泥で塗り固める作業が畦塗です。新潟に根づき農業に専念する作者。父母の顔が映るまで畦を塗り上げるというのは、黙々とこの作業をこなしてきた亡き父母への深い思いです。

4月21日 旧3月17日

春眠の大き国よりかへりきし

春眠　春　森澄雄

のどかで暖かい春の、心地良い眠りから目覚めます。大きな国をゆっくりと旅して、帰ってきたような目覚めです。「春眠」は、唐の孟浩然の詩「春暁」の「春眠暁を覚えず、処々に啼鳥を聞く」に由来する近代の季語です。

4月22日 旧3月18日

紙風船息吹き入れてかへしやる

紙風船　春　西村和子

幼い子供が紙風船で遊んでいますが、空気が抜けてしまい、うまくつけません。見守る母の元へ飛んで来た紙風船に息を吹き入れ、そっと返します。子供への愛情と優しさ、あたたかさが感じられる一句です。

4月23日 旧3月19日

鳴り出して電話になりぬ春の闇

春の闇　春　山口優夢（やまぐちゆうむ）

暗闇から突然音が響き、はじめて電話がその輪郭を顕わにしました。どこかなまめかしく神秘的、うるんだようなやわらかさを感じさせる「春の闇」。はるか彼方から現実に引き戻されたような不思議な魅力に満ちた句です。

4月24日 旧3月20日

踏青（とうせい）の終りに雲にでも乗るか

踏青　春　落合水尾（おちあいすいび）

「踏青」は「青き踏む」ともいい、春、芽生えた草を踏み、野原に遊ぶこと。青々とした草を踏んで歩き、春になった喜びを実感します。心が弾み、どこまでも行けそうな気がします。ふわりと浮かぶあの雲に乗ってみましょうか。

4月25日 旧3月21日

いつも雨都をどりに行く時は

都をどり　春　和田華凜（わだかりん）

「都をどり」は京都最大の花街、祇園甲部（ぎおんこうぶ）の芸妓、舞妓による舞踊公演。四月一日から三十日まで催される、京都の春の風物詩です。春爛漫、華やかな踊りを楽しみにしていますが、なぜかいつも雨に降られてしまいます。

都をどりが行われる祇園歌舞練場へ向かう舞妓さん（京都市）

しゃぼん玉

4月26日 旧3月22日

たくさんの吾が生まるるしゃぼん玉

しゃぼん玉　春　津川絵理子

石鹸玉を吹いて遊んでいます。たくさんの石鹸玉が空中に生まれ、そのひとつひとつに、自分の姿が映っています。なんだか不思議な感覚です。自分がたくさん生まれてきたような楽しさ、嬉しさが広がります。

4月27日 旧3月23日

富士晴れて裾野茶摘みの一斉に

茶摘　春　今枝貞代

お茶の新芽の手摘みが始まりました。この時期は大忙し、朝早くからみな総出で摘んでいきます。気持ち良く晴れ上がった青空、富士山の麓に広がる茶畑の輝く緑。茶どころ静岡の、美しく喜び溢れる情景です。

4月28日 旧3月24日

妻抱かな春昼の砂利踏みて帰る

春昼　春　中村草田男

妻を抱こう、と思いながら、春の昼、砂利をざくざくと踏んで家へ帰ります。大胆で直情的な表現ですが、ほほえましく、妻への思いがまっすぐ伝わってきます。力強い生命賛歌の作品を数多く残した草田男の、妻恋の一句です。

4月29日 旧3月25日　昭和の日

昭和の日ポップコーンに長き列

昭和の日　春　三木基史

ポップコーンに並ぶ長い列。家族連れや恋人たちの笑いさざめく

茶摘（岐阜県御嵩町）

姿が目に浮かぶ、いかにも昭和らしい情景です。今日は昭和の日。平成元年「天皇誕生日」から「みどりの日」に、さらに平成十九年に「昭和の日」となりました。

4月30日 旧3月26日

ゴールデンウィークありつたけのアクセサリー

ゴールデンウィーク 春　西山（にしやま）ゆりこ

ゴールデンウィークが始まりました。外へのお出かけも気持ちいい季節、天気も良くうきうきと心弾みます。ありったけのアクセサリーをつけて、さあ、町に繰り出しましょう。

アクセサリー

5月 【皐月（さつき）・菖蒲月（あやめづき）】

鯉のぼり（山梨県北杜市）

5月1日 旧3月27日 メーデー

地下街の列柱五月来たりけり

五月来る 夏 奥坂まや

「列柱」がギリシャの古代建築の典雅な柱を思い起こさせます。陽光溢れる明るさの中に等間隔に並ぶ列柱、地下街に五月の明るい風が吹き抜けるようです。第一句集『列柱』巻頭の一句、作者の代表作のひとつです。

地下街（名古屋市）

5月2日 旧3月28日 八十八夜

ひとづまにゑんどうやはらかく煮えぬ

えんどう 夏 桂 信子

昭和十五年、二十五歳。結婚した翌年の句です。夫のために食事の支度をしています。豌豆がうまくふっくらと煮えて、幸せな気持ちに包まれました。やわらかな平仮名の表現が、初々しい新妻の喜びを伝えます。

豌豆

5月3日 旧3月29日 憲法記念日

白湯を呑む憲法記念日の正午

憲法記念日 春　木割大雄（きわりだいゆう）

休日の昼、ひとりゆっくりと白湯を呑んでいます。今日は憲法記念日です。現憲法施行から七十五年以上。改正論議が高まり、各地でさまざまな集会が開かれています。心を落ち着け、静かにこれからの日本を考えてみましょうか。

5月4日 旧3月30日 みどりの日

昭和遠く平成鬱とみどりの日

みどりの日 春　山崎聰（やまざきさとし）

はるかな昭和、なじまない平成を詠んだ昭和六年生まれの作者。四月二十九日が「昭和の日」となり「みどりの日」がこの日に移動した平成十九年の句です。さらに平成から令和へと、時代は移り変わります。

5月5日 旧4月1日 こどもの日

いつしかにただの休日子供の日

こどもの日 夏　黒川悦子（くろかわえつこ）

今日は端午の節句、こどもの日。昔は鯉のぼりを立て、武者人形を飾って柏餅を食べたり、家族揃って遊びにいったり、いつも賑やかで子供の笑い声が響いていたのに、子供も成長し、いつしか静かな休日となってしまいました。

こどもの日

5月6日 旧4月2日 立夏

おそるべき君等の乳房夏来る(きた)

夏来る　夏　西東三鬼(さいとうさんき)

昭和二十三年刊行の句集『夜の桃』所収。戦後の混乱を経て時代が変わり、初夏の街を、薄着の若い女性たちが胸を張り颯爽と歩いていきます。その豊かな生命力に圧倒される中年男との対照が鮮やかな一句です。

5月7日 旧4月3日

代掻き(しろかき)の後澄む水に雲の影

代掻　夏　篠田悌二郎(しのだていじろう)

田植に備え、田んぼに水を張って土をよく掻き、混ぜてやわらかな泥状にして平らに均す作業を代掻(しろかき)といいます。代掻の後、ゆっくり泥が沈殿していきます。澄んだ静かな水に雲の影がくっきりと映った、美しい情景です。

代掻（群馬県）

5月8日 旧4月4日

レース編む末のかなしみまだ知らず

レース編む　夏　鈴木六林男(すずきむりお)

レース編みをする若い女性の胸は明るい未来の予感に満ちていることでしょう。これからの人生に、自分で乗り越えてゆくべきいろいろな困難や悲しみが待っていることをまだ知らないのです。その姿が愛おしく感じられます。

5月9日　旧4月5日

卯の花腐し寝嵩うすれてゆくばかり

卯の花腐し　夏　石橋秀野

旧暦四月は別名「卯の花月」、その頃降り続く長雨を「卯の花腐し」といいます。山本健吉の妻、秀野はこの年作。昭和二十二年の秋に三十四歳で亡くなりました。迫り来る死と向き合い続けた秀野の、静かな慟哭が伝わります。

5月10日　旧4月6日

悉く繭となりたる静けさよ

繭　夏　高野素十

明治、大正にかけて全国で養蚕が広まりました。養蚕農家は家の中で蚕を飼い、大切に育てていました。たくさんの蚕が桑の葉を食べ続ける音は雨の音に似ています。すべてが繭になるとその音が消え、静けさに包まれました。

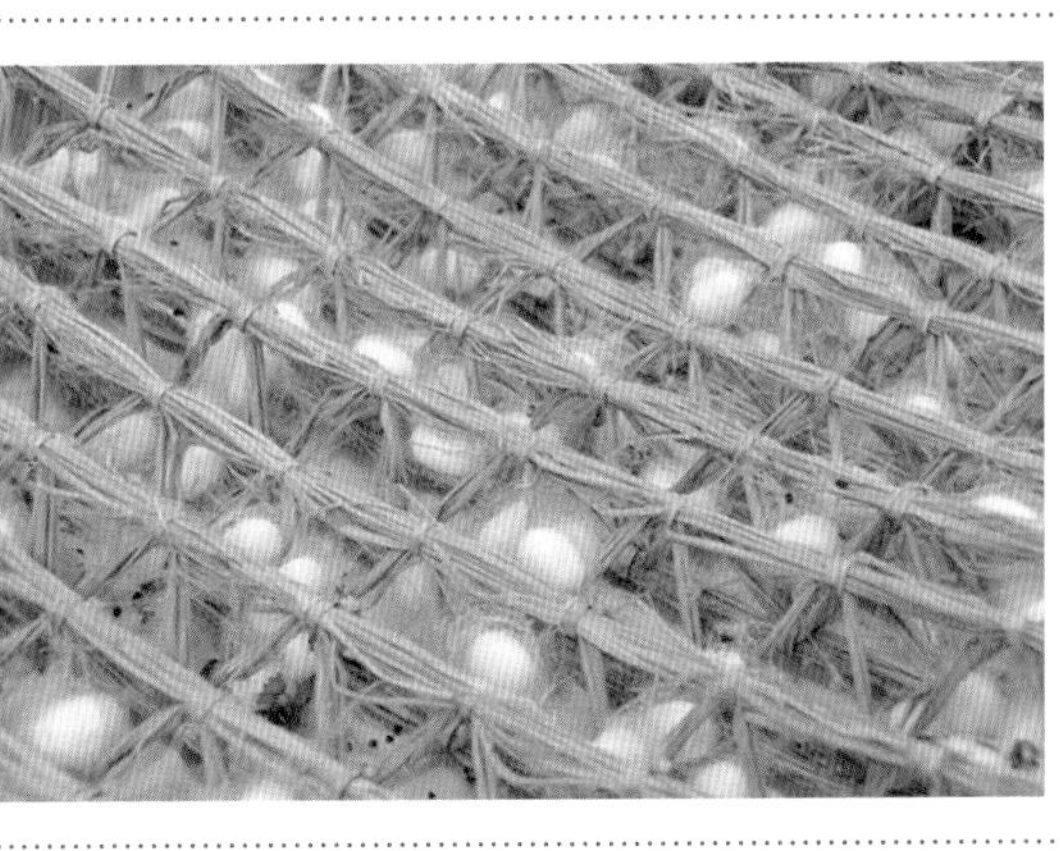

藁まぶしの繭

5月11日　旧4月7日

太陽と父と田植機快調に

田植　夏　成田千空

輝く太陽の下、父が軽快なエンジン音を響かせて田植機を操ります。重労働の手植えの時代から、田植の情景もずいぶん変わりました。青森の五所川原市に住み、津軽の風土を詠み続けた千空が詠んだ、明るい農作業の情景です。

父と子で田植（新潟県小千谷市）

5月12日 旧4月8日 母の日

母の日や何もせずとも母とゐて

母の日 夏 大橋敦子（おおはしあつこ）

今日は母の日。旅行に行ったり食事に誘ったり、特別なことはしないけれど、老いた母のそばにいて、そっと寄り添います。それが母の幸せであり、私の喜びなのです。母のいる場所が私が帰ってゆく場所です。

5月13日 旧4月9日

神田川祭の中を流れけり

祭 夏 久保田万太郎（くぼたまんたろう）

賑やかなお囃子、神輿を担ぐ人たちや見物客の歓声。祭の喧噪のなか、ゆうゆうと静かに神田川が流れます。「島崎（編集部注・藤村）先生の『生い立ちの記』を読みて」の前書きがあり、東京・柳橋にあった榊（さかき）神社の祭を詠んだ句です。

5月14日 旧4月10日

筍の茹で上がるまでひと眠り

筍 夏 鳴戸奈菜（なるとなな）

やわらかくし、あく抜きをしてえぐみをとるため、筍を茹でるのは時間がかかります。待ちきれずひと眠りしてしまおうか、と思うほど。茹で上がるのを待つ間に、思いは日常から非日常の世界へ飛翔します。

神田川と屋形船（東京都）

5月15日　旧4月11日

葵祭動く絵巻をまのあたり

葵祭　夏　渡辺恭子（わたなべきょうこ）

京都三大祭りのひとつ、葵祭（賀茂祭（かものまつり））。平安貴族そのままの姿の絢爛たる行列が京都御所を出発し、下鴨神社を経て上賀茂神社へ向かいます。王朝風俗の伝統が残された優雅で古式豊かな祭、まさに「動く絵巻」ですね。

5月16日　旧4月12日

平凡を願ふくらしや胡瓜漬

胡瓜漬　夏　三沢久子（みさわひさこ）

毎日の食卓に欠かせない漬物。古くからそれぞれの家庭で作られてきました。今日も家族のために胡瓜を漬けます。家族がおいしく食べて、毎日元気で過ごせるように、そんな平凡な暮らしが幸せ、それが願いです。

5月17日　旧4月13日

宇治に似て山なつかしき新茶かな

新茶　夏　各務支考（かがみしこう）

香り豊かな新茶を味わっていると、目の前の山が、茶所、京都の宇治の山に似て親しく感じられます。新茶はその年最初の新芽を摘み取り作ったお茶。新茶を飲むと一年間無病息災で過ごせるといわれます。

新茶

5月18日 旧4月14日

今日のこと今日のハンカチ洗ひつつ

ハンカチ　夏　今井千鶴子（いまいちづこ）

今日使ったハンカチを手洗いしながら、今日のできごとをひとつひとつ思い起こしています。楽しかったことは心に残し、いやなことは洗い流してしまいましょう。毎日を大切に、丁寧に暮らす女性の姿が浮かびます。

5月19日 旧4月15日

大団扇三社祭を煽ぎたつ

三社祭　夏　長谷川かな女（はせがわかなじょ）

三社祭は浅草神社（東京都台東区）の例大祭で、五月の第三金曜日から三日間にわたって行われます。神輿を担ぎ練り歩く威勢の良い氏子衆、それを取り巻く大団扇。興奮の坩堝の中、荒々しく迫力あるお祭がつづきます。

5月20日 旧4月16日

太陽に向きて終日袋掛（ふくろかけ）

袋掛　夏　大久保和子（おおくぼかずこ）

林檎、梨、桃などの果物農家では、初夏、袋掛を行います。鳥や病害虫から守るため、ひとつひとつ丁寧に袋をかけてゆくのです。脚立に乗り上を向いての厳しい作業ですが、「太陽に向きて」から収穫を待つ明るさが感じられます。

5月21日 旧4月17日　小満

あぶらとり一枚もらふ薄暑かな

薄暑　夏　日野草城（ひのそうじょう）

お化粧くずれせず皮脂をとる油とり紙は、金箔を作る過程で生ま

葵祭（京都市）

れ、大正時代、京都の舞妓など花街の女性に愛用されて広まったといわれます。やや汗ばむほどの暑さの中、一枚分けてくれた女性の細やかな心遣いに触れました。

5月22日 旧4月18日

鼓うてば闇のしりぞく薪能

薪能　夏　石原八束（いしはらやつか）

闇に包まれた屋外の能舞台の周囲に篝火を焚いて演じられる、幻想的な薪能。奈良の興福寺の神事能を起源としています。静寂のなか、鼓の音が舞台に響くと、いつしか闇は消え、目の前に幽玄な世界が広がっていました。

三社祭（東京都・浅草神社）

薪能（東京都港区・増上寺）

5月23日 旧4月19日

麦刈るやくるぶしかたき五十年

麦刈る　夏　榎本冬一郎（えのもとふゆいちろう）

麦の穂が黄金色に実りました。麦の秋、いよいよ収穫期です。五十年以上麦を栽培してきた男のごつごつとした力強い足。現在は大型のコンバインが一気に行いますが、梅雨前の強い日差しの中での手作業は重労働でした。

麦畑（岡山市）

5月24日 旧4月20日

葉桜の頃の電車は突つ走る

葉桜　夏　波多野爽波（はたのそうは）

桜のみずみずしい若葉が美しい季節。風を切って走る電車の窓から、さわやかな風が流れ込みます。はかなく美しい桜が落ち尽くした葉桜の季節は、逆に新たな力が湧いてくるような気がします。爽快感あふれる一句です。

5月25日 旧4月21日

四世代とはまたにぎやかな豆ごはん

豆ごはん　夏　黒崎かずこ（くろさき）

季節の味を炊き込んだ炊き込み御飯は、やさしい家庭の味。白いごはんに炊き込んだグリンピース（青豌豆）の鮮やかな緑が映えて、いかにも初夏らしい趣の豆飯を、四世代でわいわいと食べるおいしさはまた格別ですね。

豆ごはん

5月26日　旧4月22日

家にゐて素足愉しむ日なりけり

素足　夏　　鈴木（すずき）しげを

今日は外に出ず一日中家にいて、素足を愉しみます。素足で畳やフローリングの床の冷感を味わう気持ちよさはもちろん、自分を縛るものもなく、自由に過ごし、静かに自分自身と向き合う、そんな一日です。

5月27日　旧4月23日

銀行員等朝より螢光す烏賊のごとく

無季　　金子兜太（かねことうた）

休日明けの職場。銀行員が少し薄暗い部屋で自分の席の蛍光灯を灯し青白く光る朝の風景は、水族館で見た蛍烏賊のようでした。昭和三十一年作。社会性俳句の旗手として頭角を現した兜太がその主張を鮮やかに示した作品です。

5月28日　旧4月24日

乗りたがり下りたがる子のハンモック

ハンモック　夏　　今橋眞理子（いまはしまりこ）

心地よい風を受け、ゆらゆら楽しそうなハンモック。子供は我先に乗りたがり、乗ってしばらくすると飽きてしまいます。ちっとも落ち着かずに動き続け、走り回る、元気いっぱいの子供の笑顔が浮かぶ一句です。

ハンモック（長野県佐久穂町）

5月29日 旧4月25日

草笛に草の名前のありにけり

草笛　夏　佐藤文香（さとうあやか）

草の葉や木の葉などをくちびるに当て、笛のように吹いて鳴らす草笛。雀の鉄砲や烏野豌豆（からすのえんどう）、笹など、さまざまな植物で楽しめます。素朴な響きとともに、それぞれの名もなつかしさを誘います。

5月30日 旧4月26日

麦飯や思ひ出はみな貧しかり

麦飯　夏　大木（おおき）さつき

今でこそ健康食品として注目されていますが、かつて麦飯は貧乏の代名詞。戦後の食糧難の頃、米は手に入りにくく少量の米に麦を混ぜて食べていました。麦飯というと貧しかった頃のことをどうし

草笛を吹く

ても思い出してしまうのです。

麦飯

5月31日　旧4月27日

短夜や乳(ち)ぜり泣く児を須可捨焉乎(すてっちまおか)

短夜　夏　　竹下(たけした)しづの女

じゅうぶん睡眠のとれない短い夏の夜に、お乳を欲しがって泣きわめく赤ん坊に苛つく母親。「須可捨焉乎」に振った「すてっちまおか」という口語のふりがなが諧謔味を生んでいます。女性俳句の開拓者、しづの女の代表作です。

母と子

6月【水無月・風待月】

あやめ（福島市会津美里町・伊佐須美神社あやめ苑）

6月1日　旧4月28日

衣更(きぬか)へてこののちとてもこのくらし

更衣(ころもがえ)　夏　鈴木真砂女(すずきまさじょ)

二度の結婚と離婚を経て、道ならぬ恋に身を焦がしながら、五十一歳で銀座の小料理屋「卯波」の女将となった真砂女。夏物の袷(あわせ)に更衣します。何があっても、このあとも自分の選び取ったこの暮らしを続けていくだけです。

6月2日　旧4月29日

金魚鉢に映る小(ち)ひさき町を愛す

金魚鉢　夏　中村汀女(なかむらていじょ)

窓辺に置かれた丸い小さな金魚鉢に、光と水の揺らめきを通し、美しい町の風景が映り込みます。金魚鉢に閉じ込められたちっぽけな町。これが私の住む町、愛する町です。日々の暮らしを愛し、大切に思う気持ちが伝わります。

6月3日　旧5月1日

仏壇に実梅が三つ母の家

実梅　夏　寺井谷子(てらいたにこ)

みずみずしい梅の実る季節になりました。実家の仏壇に、梅の実が三つそっと置かれています。庭の梅の実で梅干しや梅酒を作ってきた母。亡くなった家族への母の思いを感じとり、さまざまな思い出も蘇ります。

金魚鉢

6月

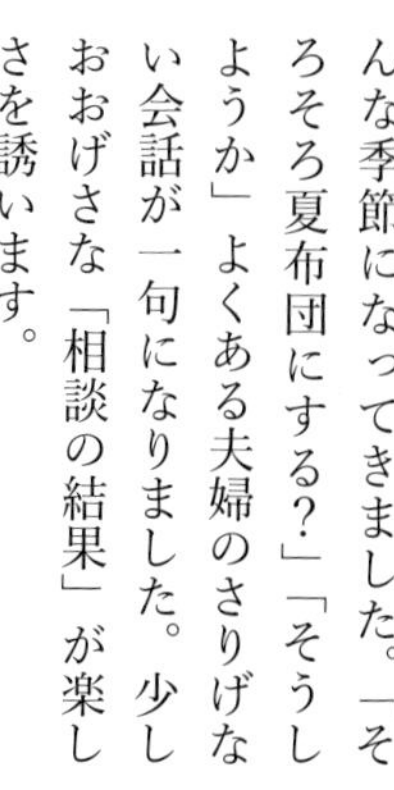

梅の実の収穫（金沢市・兼六園）

6月4日　旧5月2日

相談の結果今日から夏布団

夏布団　夏　池田澄子（いけだすみこ）

ちょっと汗ばんで寝苦しい、そんな季節になってきました。「そろそろ夏布団にする？」「そうしようか」よくある夫婦のさりげない会話が一句になりました。少しおおげさな「相談の結果」が楽しさを誘います。

6月5日　旧5月3日

噴水となる軽い水重い水

噴水　夏　後藤立夫（ごとうたつお）

強い夏の日差しのなかで水を噴き上げる、清涼感溢れる噴水。じっと見ていると、噴き上がる勢いに違いがあるのを感じたのです。高さや低さでなく、水の軽さ、重さで噴水を表現した、新鮮な一句です。

6月6日　旧5月4日　芒種

蛍籠昏ければ揺り炎えたたす

蛍籠　夏　橋本多佳子（はしもとたかこ）

日が暮れて闇に包まれているのに光らない蛍。その寂しさに耐えられず、蛍籠を揺さぶります。炎えたたすのは、恋の炎のようにも、生きることの不安から逃れようとする自分自身のようにも思えます。激しく情熱的な作品です。

6月7日　旧5月5日

カーナビの指示は直進夏つばめ

夏つばめ　夏　藤田亜未（ふじたあみ）

晴れ渡った青空の下、ずっと続く海辺の道路や、広々とした田ん

ぼや野の中のまっすぐな一本道が思い浮かびます。夏の空を舞う、躍動感溢れる夏燕。どこまでも走っていけそうな気がする、みずみずしい青春の一句です。

夏燕

6月8日 旧5月6日

六月の女すわれる荒筵

六月　夏　石田波郷（いしだはきょう）

戦後、焼け跡のバラックの情景です。壁も天井もなく、荒筵で覆った掘っ立て小屋。六月の蒸し暑さに耐えかねて筵をめくりあげた中に女がぺたんと座り込んでいました。貧困、絶望感のすさまじさがなまなましく伝わります。

6月9日 旧5月7日

虹立つやどこへも行かぬ氷川丸

虹　夏　喜納とし子（きのうとしこ）

昭和五年から豪華貨客船として活躍した氷川丸は、戦時中の病院

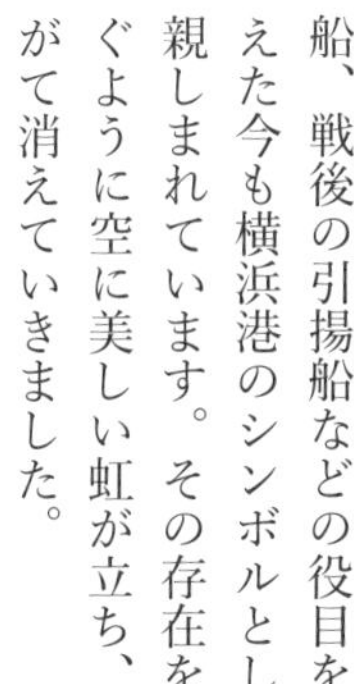
船、戦後の引揚船などの役目を終えた今も横浜港のシンボルとして親しまれています。その存在を寿ぐように空に美しい虹が立ち、やがて消えていきました。

氷川丸（横浜市）

噴水

明治村「帝国ホテル」（愛知県犬山市）

6月10日　旧5月8日　時の記念日

時の日の時をゆるやか明治村

時の日　夏　遠藤若狭男（えんどうわかさお）

今日は時の記念日。明治時代の建築を移築した野外博物館、明治村で当時の人々の暮らしに思いを馳せながら、ゆったりと時を過ごします。ここではゆるやかに時が流れます。すれ違う人たちも皆おだやかな表情です。

6月11日　旧5月9日　入梅

吊り革のしづかな拳梅雨に入る

梅雨に入る　夏　村上鞆彦（むらかみともひこ）

電車に揺られさりげなく吊革に摑まりながら、実は固く握り締めた拳。車窓にはどんよりと重い梅雨空が広がります。「しづかな拳」という表現が、内に秘めた強い信念、青年の屈折とむなしさ、そして静かな闘志を感じさせます。

6月12日　旧5月10日

団欒へ網戸の風の通りけり

網戸　夏　清水嘉子（しみずよしこ）

家族で過ごしていて、ふと、外から網戸を通して風が吹き抜けるのを感じました。いまでは窓を閉め切って冷房をつけるのが当たり前になってしまったけれど、やさしい自然の風に癒され、心安らぎます。

6月13日 旧5月11日

生悲しとも愛しとも走馬燈

走馬燈　夏　千原叡子（ちはらえいこ）

走馬燈は回り灯籠ともいい、江戸時代中期に夏の夜の娯楽として登場しました。生きていることは悲しく寂しい、そして同時に愛おしい。回り続ける走馬燈、繰り返し映る影絵を見ながら、自らの来し方を思います。

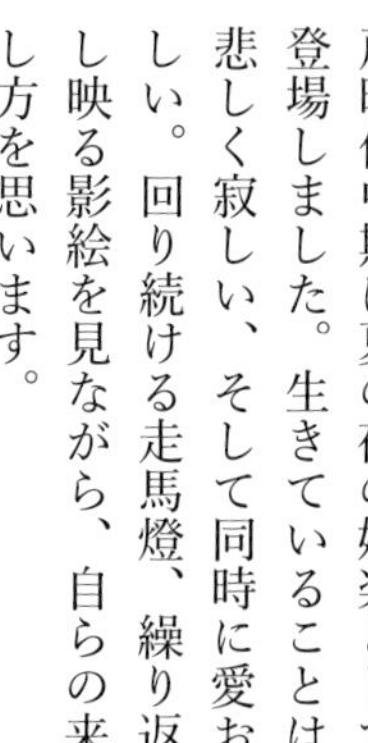
走馬燈

6月14日 旧5月12日

髪洗うたび流されていく純情

髪洗う　夏　対馬康子（つしまやすこ）

気持ち良く爽快なはずなのに、髪を洗うたび、なぜか汚れとともに自分の中の大切なもの、一番ピュアな、純粋な思いも流されてしまう気がするのです。第二句集『純情』（平成五年刊）の一句です。

6月15日 旧5月13日

あの世へも顔出しにゆく大昼寝

昼寝　夏　瀧春一（たきしゅんいち）

昼寝から覚めると遠くまで行ってきたような気がするものですが、死後の世界まで覗いてきたというのです。「顔出しにゆく」と軽い笑いに包み、大げさに「大昼寝」と言い切った、諧謔味豊かな一句。そしてまた現実へ戻ります。

6月16日 旧5月14日　父の日

父の日やライカに触れし冷たさも

父の日　夏　広渡敬雄（ひろわたりたかお）

今日は父の日。幼い頃、父が大切にしていたカメラのライカに触

らせてもらったことを思い出します。憧れのライカの思いがけない冷たさ、その感触が甦ります。ライカを通して、父と息子の深い情愛が感じられる作品です。

6月17日 旧5月15日

明らかに人手不足の神輿来る

神輿　夏　杉原祐之（すぎはらゆうし）

楽しく賑やかな夏祭、大勢の見物客が行き交い、元気な掛け声とともにお神輿がやってきますが、どう見ても担ぎ手が足りていません。現在、多くの地方で祭の担い手が不足しています。残念ながら、まさに現代の祭の景ですね。

6月18日 旧5月16日

梅漬けて今年半分了りけり

梅漬ける　夏　出木裕子（できゆうこ）

この時期になるといつも梅干を作ります。梅を塩漬けにして梅酢を作り、数日天日干しをします。季節の行事のように毎年繰り返してきたこの作業が終わると、ああ、今年も半分過ぎたなあと実感するのです。

6月19日 旧5月17日

いちにちをおろおろ生きて桜桃忌

桜桃忌　夏　橋本榮治（はしもとえいじ）

今日は桜桃忌。太宰治は昭和二十三年六月十三日、東京・三鷹市の玉川上水に入水自殺しました。遺体が発見された十九日が忌日とされています。迷い、悩みながら生きる日々を、破滅的な生涯を送った太宰の人生に重ねます。

6月20日　旧5月18日

うすぐらくあるふるさとの夏座敷

夏座敷　夏　下村槐太（しもむらかいた）

　ふすまや障子を取り払って風通しをよくした夏座敷。明るい光に満ちた外へ向かって開け放たれて、少し薄暗く、静かで落ち着きます。これが幼い頃から慣れ親しんだ故郷です。

6月21日　旧5月19日

黄の青の赤の雨傘誰から死ぬ

無季　林田紀音夫（はやしだきねお）

　雨の雑踏に行き交う大勢の人びと。生命の氾濫のようなカラフルな傘が都市の華やぎを象徴します。

「山梨桜桃忌」　太宰文学碑の前で供養（山梨県・御坂峠）

書院の座敷（茨城県常総市）

その雑踏に紛れながら、ふところのなかで誰が先に死んでゆくのか、そんな思いにとらわれます。人はやがて必ず死ぬのです。

6月22日　旧5月20日　夏至

地下鉄にかすかな峠ありて夏至

夏至　夏　正木（まさき）ゆう子（こ）

外界から切り離され、都会の暗闇を走る地下鉄。電車が上下左右に微妙に揺れるなか、身体で感じとったかすかな高低差を峠と感じます。その時地下鉄の起伏と太陽の動きが結びつき、そういえば今日は夏至だと改めて思いました。

地下鉄（仙台市・東西線）

6月23日　旧5月21日

けふ生きて海を見てをり沖縄忌

沖縄忌　夏　海老原真琴（えびはらまこと）

今日は沖縄県の制定した「慰霊の日」。「沖縄忌」と詠まれます。沖縄守備軍が壊滅し組織的な戦闘が終わった日です。美しく輝く海を前に、凄惨な地上戦が行われ約二十数万人もの犠牲者が出たといわれる沖縄の悲劇を思います。

沖縄「慰霊の日」（沖縄県糸満市）

6月24日　旧5月22日

蚊帳の中いつしか応（いら）えなくなりぬ

蚊帳　夏　宇多喜代子（うだきよこ）

さっきまで話をしていたのに、いつのまにか答えがなくなりました。眠ってしまったんですね。愛情を込めてそっと見守ります。蚊帳の中で布団を並べていると、なんだか安心感に包まれます。

6月25日　旧5月23日

梅雨ごもりとは探しものすることか

梅雨ごもり　夏　草間時彦（くさまときひこ）

梅雨が続いています。雨のなか出かけるのも億劫で、家にいるといろいろなことが気になって、部屋を片付けたり、ふと探しものを始めたり。落ち着いていつもは出来ないことに取り組みたいのに、なかなかゆっくりできません。

6月26日　旧5月24日

いきいきと死んでゐるなり水中花

水中花　夏　櫂未知子（かいみちこ）

梅雨ごもり

水を入れたガラス器に入れると、ゆっくりと花開く涼しげな水中花。「いきいきと」に続く「死んでゐるなり」に意表をつかれます。妖しく美しく水中に揺らめいているけれど、水中花は紙の造花、もともと命はないのです。

6月27日　旧5月25日

金塊（きんかい）のごとくバタあり冷蔵庫

冷蔵庫　夏　吉屋信子（よしやのぶこ）

「金塊」には驚きますが、これは戦後三年目の作。バターは大変貴重だったのです。当時の冷蔵庫は氷屋さんの大きな氷を入れて使うものでした。その冷蔵庫に堂々と鎮座するバターの存在感は相当な

香水

ものだったのでしょう。

6月28日 旧5月26日

触れぬものの一つに妻の香水瓶

香水　夏　福永耕二（ふくながこうじ）

昔から女性たちを魅了してきた香水。それぞれの香りをデザインした、美しくおしゃれな香水瓶が妻の鏡台に並んでいます。その香水瓶には、なぜか触れてはいけない気がします。それは女性の聖域なのです。

6月29日 旧5月27日

おもしろうてやがてかなしき鵜舟哉

鵜舟　夏　松尾芭蕉（まつおばしょう）

篝火燃え盛る賑やかな長良川の鵜飼は大変面白いけれど、篝火が消え鵜舟が去ると、何ともいえな

鵜飼（岐阜市・長良川）

いもの悲しい気分に包まれます。下地とした謡曲「鵜飼」と芭蕉の実感が一体となり、深い無常感をたたえた一句がうまれました。

6月30日　旧5月28日　夏越祭

まつすぐに汐風とほる茅の輪かな

茅の輪　夏　名取里美

六月晦日の夏越の祓では、茅で編んだ大きな輪、茅の輪をくぐり、半年分の厄を落として残り半年の無病息災を祈願します。海近くの神社の茅の輪を吹き抜ける汐風。汐風の匂い、夏の匂いに満ちたすがすがしい一句です。

茅の輪（大阪市・安居神社）

7月【文月(ふづき)・七夕月(たなばたづき)】

内海海水浴場（愛知県南知多町）

7月1日　旧5月29日

人生の輝いてゐる夏帽子

夏帽子　夏　深見（ふかみ）けん二（じ）

夏帽子がよく似合う若い女性の弾けるような笑顔や、大人の落ち着いた女性のいきいきとした幸せそうな笑顔が思い浮かびます。人生のそれぞれの場面で輝く夏帽子の記憶を呼びさます、伸びやかで豊かな一句です。

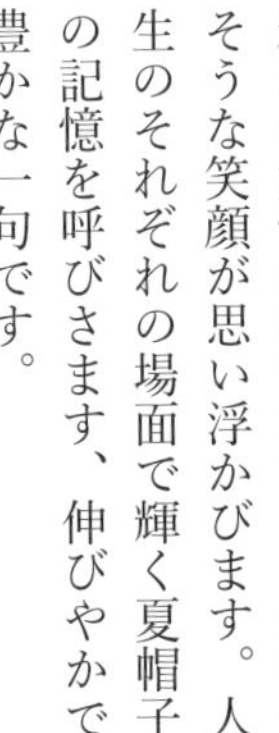
夏帽子

7月2日　旧5月30日　半夏生

もう空を容れず青田となりにけり

青田　夏　富吉（とみよし）浩（ひろし）

豊かな水を湛え空を映していた田んぼも、青々と稲が育ち、ついに水面も見えなくなりました。吹き渡る風にしなやかに揺れる稲。みずみずしい青が美しい田園風景が広がります。

青田（福井県越前市）

7月3日 旧6月1日

白地着てこの郷愁の何処よりぞ

白地　夏　加藤楸邨（かとうしゅうそん）

白地は絣模様を織ったり染めたりした夏の着物。見た目も涼しげです。白地に着替えると、郷愁に包まれました。なつかしさとともに一抹の寂しさもにじみます。甘い青春性を残した昭和十四年、三十四歳の作です。

7月4日 旧6月2日

あーと言ふあ〜と答へる扇風機

扇風機　夏　雪我狂流（ゆきがふる）

扇風機の間近で声を出すと、いつもと違った声で聞こえるのが面白くて、子供のころ、誰でもやってみたことがあるでしょう。日常生活から生まれた、ちょっととぼけた味わいの楽しい一句です。

7月5日 旧6月3日

夏痩せて嫌ひなものは嫌ひなり

夏痩　夏　三橋鷹女（みつはしたかじょ）

第一句集『向日葵』所収、昭和十年から十一年の作です。この時代に、嫌いなものは嫌い、と言い切った新しさ、個性の強さ。「初嵐して人の機嫌はとれませぬ」などの句もあり、異色の女流俳人として注目されました。

7月6日 旧6月4日

髭白きまで山を攀ぢ何を得し

山を攀ず（登山）　夏　福田蓼汀（ふくだりょうてい）

心から山を愛し、山岳俳人として知られた福田蓼汀。豊かなものを得たはずですが、髭が白くなるまで山に打ち込み何を得たのかと、ふと我が身を振り返るときもありました。

7月7日 旧6月5日　小暑　七夕

乳母車夏の怒濤によこむきに

夏怒濤　夏　橋本多佳子（はしもとたかこ）

荒波押し寄せる夏の海の前、横向きに置かれた乳母車。今にも波にさらわれそうです。激しさと静

チキンカレー（福岡市）

けさ、強さと弱さが対照的に描かれています。状況がわからず謎めいたところも不安をあおり、想像をかきたてます。

7月8日 旧6月6日

南風（みなみ）吹くカレーライスに海と陸

南風 夏　櫂（かい）未知子（みちこ）

カレーライスに、ルーの海とごはんの陸を発見しました。そこに明るく心地よい夏の南風が吹き抜けます。光に満ちた明るい海辺の情景が目に浮かびます。新鮮で自由な発想が魅力的な、第三句集『カムイ』所収の一句です。

7月9日 旧6月7日

塩田（えんでん）に百日筋目つけ通し

塩田 夏　沢木欣一（さわききんいち）

昔ながらの方法で塩を造る能登の塩田の情景です。炎暑の中、塩田に海水をかけ、砂に日があたるよう千歯（せんば）で筋目をつける重労働を夏の百日間続ける人々。昭和三十年作、社会性俳句の代表作として高い評価を得た句です。

赤穂の塩田（兵庫県姫路市、昭和28年）

登山（長野県・南八ヶ岳連峰横岳）

7月10日　旧6月8日

四万六千日人混みにまぎれねば

四万六千日　夏　石田郷子

七月十日は観世音菩薩の結縁日、この日参詣すると四万六千日分の功徳があるといわれます。自分を消すようにこの人混みに紛れ、埋没しなくては生きていけない、そんな悲しみと覚悟を抱えて歩きます。

四万六千日の鬼灯市（東京都・浅草寺）

7月11日　旧6月9日

梅雨明や牛にお早う樹にお早う

梅雨明　夏　布施伊夜子

梅雨が明けました。牛や樹や目に入るものすべてに、「お早う」と声をかけたい気分です。作者の弾むような気持ちが伝わり、明るく楽しい気分に包まれます。これから、眩しい太陽が輝く本格的な夏がやってきます。

7月12日　旧6月10日

父の背が記憶のはじめ夜店の灯

夜店　夏　黒崎かずこ

夏の夜、縁日や夏祭りの屋台で、金魚掬いなどで遊んだ楽しい思い出。幼い頃は家族と手をつなぎ、やがて友達や大好きな人と歩きました。その最初の記憶は、父のあたたかい大きな背中で見た夜店のきらめきです。

夜店

7月13日　旧6月11日

シャツ雑草にぶつかけておく

無季　栗林一石路（くりばやしいっせきろ）

脱いだシャツを雑草にかけ労働に戻ります。荒々しい表現が、強い日差しの下で働く上半身裸の肉体労働者の姿を力強く浮かび上がらせます。プロレタリア俳句の先駆けとなった句集『シャツと雑草』（昭和四年刊）の一句です。

7月14日　旧6月12日

少年のなすままに馬洗はるる

馬洗う　夏　寺島ただし（てらしま）

水をかけると馬は気持ちよさそうに目を細め、身を少年の手に委ねます。「馬洗う」は一日激しい農耕労働に従事した馬を夕方川や沼で洗い、労をねぎらうという季語。かつて馬や牛は農業の働き手の主役でした。

7月15日　旧6月13日　盆

足踏みポンプにビニールプール立ち上がる

ビニールプール　夏　森下秋露（もりしたしゅうろ）

子供と水遊びをしようと、ビニールプールに足踏みポンプでせっせと空気を入れています。子供たちも胸をふくらませて見守ります。生きもののようにふわっと立ち上がるプール。子供たちの歓声が聞こえてきます。

7月16日 旧6月14日

次々と今を消えゆく花火かな

花火　夏　今井肖子（いまいしょうこ）

夜空を華やかに彩り、一瞬のうちに消えてしまう花火。ゆっくり味わう間もなく次々に花開いては消えていく繰り返しが、花火の美しさをきわだたせるとともに、今という時間のはかなさを強く感じさせるのです。

7月17日 旧6月15日

東山回して鉾を回しけり

鉾（祇園祭）　夏　後藤比奈夫（ごとうひなお）

七月一日から一カ月間、京都で行われる祇園祭。今日の山鉾巡行の最大の見せ場は、巨大な鉾を直角に方向転換させる辻回しです。そのとき東山がくるりと回ったといい、鉾が大きく回ったさまを見事に表現しました。

7月18日 旧6月16日

異論あり冷し中華の辛子ほど

冷し中華　夏　太田うさぎ

大きく主張するほどではないけれど、私にも異論はあります。ぴりりと辛く、ほんの少しでもなくてならない、冷やし中華の辛子ほど。冷し中華を味わいながら、人に言い出せなかったことをいろいろ考えています。

7月19日 旧6月17日

ナイターの万の溜息もて了る

ナイター　夏　上谷昌憲

球場につめかけた何万人もの人々が、息を吞んで見守っていま

辻回しを披露する大船鉾（京都市・河原町御池）

ナイター（神奈川県・横浜スタジアム）

す。そして試合終了。いっせいに、静かにため息が広がります。応援していた人々の思いはひとつです。

7月20日　旧6月18日　穀雨

力瘤なき腕ばかりビヤジョッキ

ビヤジョッキ　夏　須藤常央（すとうつねお）

夏真っ盛り、まとわりつくような暑さに耐えかね、ビヤガーデンやビヤホールも賑わいます。嬉しそうに乾杯のビヤジョッキをかかげるサラリーマン、しかしどの腕も、あまり力仕事をしたことはないようですね。

7月21日　旧6月19日

愛されずして沖遠く泳ぐなり

泳ぐ　夏　藤田湘子（ふじたしょうし）

満たされない思いを抱え、遥かなる沖を目指して泳ぎます。昭和二十七年、二十六歳の作。清新な

ビールで乾杯（奈良市・奈良公園）

抒情詩、青春俳句として広く口ずさまれています。師の水原秋桜子との反目を経験、その鬱屈が背後にあるといわれます。

7月22日 旧6月20日

我が足を蹄と思ふ草いきれ

草いきれ　夏　鈴木牛後（すずきぎゅうご）

北海道で酪農をする作者。放牧地から牛を戻すため追うときの、「ふと牛と自分の区別がわからなくなる一瞬」の感覚を言い留めました。「草いきれ」が、茂った草の匂いや熱気とともに、輝くような生命力を感じさせます。

7月23日 旧6月21日 大暑

張りとほす女の意地や藍ゆかた

ゆかた　夏　杉田久女（すぎたひさじょ）

「藍ゆかた」が、強い意志を秘めた女性の凛とした姿を想像させます。昭和十二年作。「ホトトギス」同人として活躍、虚子に「清艶高華」と讃えられながら、理由を明らかにされず突然同人を除名された翌年の作です。

7月24日 旧6月22日

水あそびして毎日が主人公

水あそび　夏　中田尚子（なかたなおこ）

眩しい夏の光の下、水鉄砲で水をかけ合ったり、プールで戯れたり、子供たちが楽しそうに遊んで

水遊び

天神祭の船渡御（大阪市都島区・大川）

います。子供にとっての遊びは生きることそのもの。ひとりひとりの子供が、人生の主人公なのです。

7月25日　旧6月23日

人形の宿禰はいづこ祭舟

祭船　夏　後藤夜半

大阪天満宮の天神祭のクライマックス、船渡御では、百艇を超える大船団が大川を行きかいます。戦前までは御迎船の舳先に文楽や歌舞伎の登場人物、鬼若丸や野見宿禰などを模した御迎人形がのせられていました。

7月26日　旧6月24日

雫する水着絞れば小鳥ほど

水着　夏　岩淵喜代子

水を滴らす水着の、掌にうずくまる小さな鳥のような愛らしさ。水着の大きさや感触を「小鳥ほど」と喩えたことで水着が命を宿したようです。日常のひとこまから出発し、独自の詩の世界へ飛翔した新鮮な一句です。

7月27日　旧6月25日

炎帝につかへてメロン作りかな

炎帝　夏　篠原鳳作

沖縄の宮古中学校に赴任して数年後、昭和八年の作。鳳作開眼の句といわれます。夏を司る神、炎帝に仕えるように炎天下で働く人々。南国で自然と一体になり暮らす人々の、質朴で健やかな暮らしを讃えます。

飛騨メロン（岐阜県高山市）

7月28日　旧6月26日

左手にギプス右手に捕虫網

捕虫網　夏　今井（いまい）聖（せい）

右手でしっかりと捕虫網を握る少年。左手にギプスをしていても昆虫採集には絶対行きたい、元気いっぱいの男の子です。楽しい夏休み、はやる心を抑え虫たちを求めて、野山へ雑木林へロマン溢れる探検にでかけます。

7月29日　旧6月27日

ビーチパラソルとびとびに同じ色

ビーチパラソル　夏　水田（みずた）光雄（みつお）

赤、黄色、青……、真夏の白い砂浜にカラフルなビーチパラソル

ビーチパラソル（和歌山県白浜町）

が並んでいます。真夏の太陽の輝きと真っ青に広がる海、白い砂浜に映える色とりどりの華やかなビーチパラソル。明るく眩しい夏の海辺の情景です。

7月30日 旧6月28日

避暑の娘に馬よボートよピンポンよ

避暑 夏 稲畑汀子（いなはたていこ）

湖畔の避暑地にやってきた若い娘が、毎日楽しく遊び回ります。「馬よボートよピンポンよ」という軽快なリズムが、次々に遊びに夢中になる若い娘の様子や弾む気持ちをよく伝えています。

7月31日 旧6月29日

美しき緑走れり夏料理

夏料理 夏 星野立子（ほしのたつこ）

さっぱりといかにも涼しげでおいしそうな夏料理。清新な香りを感じます。実際は戦時下、食糧難の昭和十九年の作で、お粥か何かの上に青菜がのっている程度の食事だったといいます。時代を超えて愛される一句です。

夏料理（鱧の湯引き）

8月【葉月（はづき）・月見月（つきみづき）】

入道雲（大阪市梅田）

8月1日 旧7月1日

雲の峰一人の家を一人発ち

雲の峰　夏　岡本眸（おかもと ひとみ）

一人暮らしの家を出て仕事へ向かいます。空にもくもくと立ちあがる入道雲に立ち向かうように、背筋を伸ばし一歩踏み出します。自立した女性の芯の強さを感じさせる、夫を亡くした四年後、昭和五十五年の作です。

8月2日 旧7月2日

絵も文字も下手な看板海の家

海の家　夏　小野（おの）あらた

いかにも海の家という感じですね。夏の間だけの、お金をかけないちゃちな作りの建物、素人っぽい、下手だけれど妙に味のある手書きの看板。なんだか笑ってしまいます。俳句甲子園で話題を呼んだ、十五歳の時の作品です。

海の家（石川県加賀市・橋立海水浴場）

8月3日 旧7月3日

旅終へてよりB面の夏休

夏休　夏　黛（まゆずみ）まどか

楽しかった旅行を終えて、家で静かに過ごす残りの夏休み。日常を離れた、心ときめく旅の時間をレコードのA面とすれば、裏のB面のような日々です。第一句集『B面の夏』のタイトルとなった代表作のひとつです。

8月4日 旧7月4日

佞武多（ねぶた）みな何を怒りて北の闇

佞武多　秋　成田千空（なりた せんくう）

ねぶたは七夕の行事「眠流し（ねむりなが）」の一種です。北の闇の中、青森ね

青森ねぶた祭

ぶた祭の巨大な武者絵はどの顔も怒りをあらわにしています。千空は青森の五所川原市に住み、生涯津軽の風土に根ざした句を詠み続けました。

8月5日 旧7月5日

炎天こそすなはち永遠(とわ)の草田男忌

草田男忌　夏　**鍵和田秞子(かぎわだゆうこ)**

昭和五十八年、世俗を嫌う純粋なまなざしを社会や人間の内面に向け人間探求派と称された師、中村草田男が亡くなりました。この燃え盛るような炎天の日こそ、情熱の人、草田男の忌日として永遠に記憶すべき日です。

8月6日 旧7月6日

広島や卵食ふ時口ひらく

無季　**西東三鬼(さいとうさんき)**

昭和二十一年七月、被爆の余塵

炎天

七夕（京都市・上賀茂神社）

生々しい広島に足を踏み入れて茫然とし、「うでてつるつるした卵を食う時だけ、その大きさだけの口を開けた」と自註にあります。即物的表現によって、その衝撃、虚脱した姿が伝わります。

8月7日　旧7月7日　旧七夕

七夕竹惜命（しゃくみょう）の文字隠れなし　石田波郷（いしだはきょう）

七夕竹　秋

昭和二十四年、結核を患い、療養所で闘病していた時の作品です。願い事が書かれたどの短冊にも、命を惜しむという「惜命」の思い、切実な願いが込められ、隠しようもなく伝わってきます。

8月8日　旧7月8日　立秋

秋立つや一巻の書の読み残し　夏目漱石（なつめそうせき）

秋立つ　秋

今日は立秋です。心残りは夏の間に読み残した一巻の書。その本とはいったい何だったのでしょうか。大正五年、芥川龍之介あての手紙に書かれた作品です。その約三カ月後に漱石は四十九歳でこの世を去りました。

8月9日 旧7月9日

彎曲し火傷（かしょう）し爆心地のマラソン

無季 金子兜太（かねことうた）

昭和三十六年、転勤先の長崎での作。「湾曲し火傷し爆心地の」と強烈に長崎の惨状を浮かび上がらせ、苦しげに力走するランナーのイメージを二重写しにして、兜太が提唱した「造型俳句」の到達点とされる一句です。

8月10日 旧7月10日

顔舐めに犬寄ってくる帰省かな

帰省 夏 中本真人（なかもとまさと）

平和祈念像（長崎市）

夏休み、久しぶりに家に帰ります。電車も混んでくたびれるけれど、家族や幼なじみとの再会が楽しみです。家に着くと、犬が喜び、思い切り尻尾を振って駆け寄ってきました。心が和み、家に帰ったと実感します。

8月11日 旧7月11日 山の日

墓洗ふ金婚のこと父母に告げ

墓洗う 秋 佐々木建成（ささきけんせい）

結婚して五十年、長かったような、あっという間のような時間が過ぎました。墓参りをして、自分もいつのまにかこんなに生きて、金婚式を迎えることができたことをあの世の父と母に報告し、感謝の思いを伝えます。

墓洗う

8月12日 旧7月12日

寅さんの映画に行けり生身魂（いきみたま）

生身魂　秋　蟇目良雨（ひきめりょうう）

お盆に先祖の御霊を迎えるとともに、生きている年長者に礼を尽くすこと、またその年長者を生身魂といいます。生身魂である両親は元気に寅さんの映画を観に出かけました。泣いて笑って、楽しんでいることでしょう。

8月13日 旧7月13日

迎火と送火の間（かん）夫婦たり

迎火・送火　秋　植村通草（うえむらあけび）

夫が急逝しました。十三日に迎火を焚いて迎え、十六日に送火とともに送るまでの四日間だけが夫婦でいられる時間。来年の盆も元気な姿で戻ってこられるようにと祈ります。亡き夫への愛情と深い悲しみが伝わります。

8月14日 旧7月14日

づかづかと来て踊子にささやける

踊子　秋　高野素十（たかのすじゅう）

季語の「踊」は盆踊り、「踊子」は盆踊りの踊り子をさします。昭和十一年、新潟県鳥屋野（とやの）村での作。盆踊りの輪に割って入り、踊り子に何か囁く青年の素朴であけっぴろげな振る舞いを即物的に詠んだ、客観写生の一句です。

迎火（岩手県盛岡市）

8月15日　旧7月15日　旧盆

前へススメ前へススミテ還ラザル

無季　池田澄子（いけだすみこ）

今日は終戦記念日。戦争に駆り出され、「前へススメ」と号令を受けて進み続け、還って来なかった命を思います。軽やかな口語調の俳句で人気の作者ですが、戦争への悲痛な思いを数多く詠んでいます。

8月16日　旧7月16日

大文字（だいもじ）やあふみの空もただならね

大文字（だいもんじ）　秋　与謝蕪村（よさぶそん）

京都、東山の如意ヶ嶽（にょいがだけ）（大文字山（だいもんじやま））で大文字が行われています。

大

京都五山送り火のひとつです。京都の夜空を焦がす赤い炎。隣の近江の空も、ただごとではないほどあかあかと照らしていることでしょう。

8月17日　旧7月17日

三人に見つめられゐて西瓜切る

西瓜　秋　岩田由美（いわたゆみ）

西瓜を切る母親を、三人の子供たちが囲んで見つめています。大好きな西瓜がちゃんと同じ大きさに切り分けられるか気になる子供たちの真剣な表情に、母親も緊張気味。親子の幸せな時間です。

8月18日　旧7月18日

また微熱つくつく法師もう黙れ

つくつく法師　秋　川端茅舎（かわばたぼうしゃ）

初秋に「ツクツクボーシ、ツクツクボーシ」と独特の声で鳴き始める法師蟬。病に苦しむ身には、その声に秋の深まる気配や世の無常を感じる余裕はありません。ただ黙って欲しいだけなのです。

西瓜（兵庫県神戸市）

8月19日　旧7月19日

朝夕がどかとよろしき残暑かな

残暑　秋　阿波野青畝（あわのせいほ）

厳しい残暑ですが朝夕はしのぎやすいですね。「どかとよろしき」はとてもよいという意味ですが、重い物を置く様子、重そうに腰をおろす様子をあらわす「どかと」の野太さに実感があり、残暑の季節感とも合っています。

五山送り火（京都市）

桃（福島市飯坂町）

8月20日 旧7月20日

桃の実のほのぼのと子を生まざりし

桃の実　秋　きくちつねこ

見た目も艶やかで感触も柔らかく、赤ちゃんの肌を連想させる桃。子供を産むことのなかった自分の人生を思います。「桃の実のほのぼのと」の優しさ、明るさから続く、翳りをおびた後半に、思いがこもります。

8月21日 旧7月21日

夕暮はもぬけの顔の案山子かな

案山子　秋　保坂敏子（ほさかとしこ）

「もぬけ」は蟬や蛇が脱皮すること、また魂の抜け去った身体。

案山子

みんなが笑顔になる楽しい案山子も、夕方にはくたびれて魂の抜け去った顔になるということでしょうか。ユーモラスですが、どこか怖さも感じます。

8月22日 旧7月22日

台風をみんなで待っている感じ

台風　秋　中田美子（なかたよしこ）

台風が近づいています。大きな災害がないようにと祈るような気持ちで、みんないろいろ備えをして、台風について話し、暗い空を見上げます。「みんなで待っている感じ」と言われると、確かにそんな感じがします。

8月23日 旧7月23日　処暑

処暑（しょしょ）なりと熱き番茶を貰ひけり

処暑　秋　草間時彦（くさまときひこ）

熱々の番茶を頂きました。今日は二十四節気のひとつ、処暑。立秋から数えて十五日目頃、暑さが落ち着く時期です。まだまだ暑い日もあるけれど、この頃から朝夕涼しくなり、だんだん秋らしくなっていくのです。

8月24日 旧7月24日

行き過ぎて胸の地蔵会（じぞうえ）明りかな

地蔵会　秋　鷲谷七菜子（わしたにななこ）

地蔵会は地蔵菩薩の縁日。子供たちが石地蔵に花やお菓子などを

地蔵会万灯供養（奈良市・元興寺）

供え、行灯や灯籠が灯ります。たまたま通り過ぎた地蔵盆の灯が、行き過ぎた後も孤独な胸をほんのりと灯します。陰翳を帯びた、情感豊かな句です。

8月25日 旧7月25日

八月のしばらく飛んでない箒

八月　秋　森田智子（もりたともこ）

庭にたてかけた一本の箒から、箒にまたがって空を飛ぶ童話やアニメの魔女を思い浮かべた、新鮮な発想の句です。季節の移りゆく八月の空を見上げ、そういえば自分もしばらく飛んでいない、と思いは広がります。

8月26日 旧7月26日

火祭の夜空に富士の大いさよ

火祭（吉田火祭）　秋　伊藤柏翠（いとうはくすい）

二十六日、二十七日の吉田火祭は、富士山の登山口、山梨県富士吉田市の北口本宮富士浅間神社（きたぐちほんぐうふじせんげんじんじゃ）と諏訪大社の祭り。「鎮火祭」の名で富士山のお山じまいの祭りとして行われます。大松明が富士山の聳える夜空を焦がします。

8月27日 旧7月27日

痩せぽちが痩せぽち負かす相撲かな

相撲　秋　大谷弘至（おおたにひろし）

痩せっぽちの小さな子供たちの相撲、微笑ましいですね。いずれ

吉田火祭（山梨県富士吉田市）

はわんぱく相撲の全国大会、さらには大相撲の力士へと成長する子供たちもいるかもしれません。相撲は本来は年の豊凶を占う神事で秋の季語になっています。

わんぱく相撲（岐阜県各務原市）

8月28日 旧7月28日

妻の持つ我が恋文や青瓢（あおふくべ）

青瓢　秋　小川軽舟（おがわけいしゅう）

結婚前、まだ若い頃に書いたラブレターを、妻が大切に持っています。なんだか照れくさいですね。若い頃の自分が、まだ熟していない青い瓢簞と響き合います。ぶらぶらと揺れる姿もユーモラスです。

8月29日 旧7月29日

波音や抱けばつめたき秋日傘

秋日傘　秋　井上弘美（いのうえひろみ）

秋になってもまだ日差しは強く日傘は手放せません。それでも夕方になると空気はひんやりして抱きかかえた日傘に冷たさを感じます。胸に抱える鬱屈した思いを、砂浜に打ち寄せては返す波の音がやさしく癒します。

秋日傘

8月30日 旧8月1日

新涼や豆腐驚く唐辛子

新涼　秋　前田普羅（まえだふら）

「新涼」は秋になって初めて涼しいと感じた時を表す季語です。味覚で新涼の季節感を表しています。豆腐も驚くほど、と擬人法で表現した唐辛子の辛さ。白い豆腐に対し、唐辛子の鮮やかな赤も見えてきます。

8月31日 旧8月2日

今生（こんじょう）のいまが倖せ衣被（きぬかつぎ）

衣被　秋　鈴木真砂女（すずきまさじょ）

銀座の路地裏の店で衣被を作りながら、しみじみと波瀾万丈の人生を思い起こします。何事もなく平穏に過ぎていく日々、ささやかだけれど落ち着いた今の暮らしこそが、これまでの人生でもっとも幸せな時間です。

衣被

9月【長月（ながつき）・菊月（きくづき）】

赤そばの花（長野県箕輪町・赤そばの里）

南部風鈴（岩手県奥州市・JR水沢駅）

9月1日　旧8月3日　二百十日

くろがねの秋の風鈴鳴りにけり

秋　秋　飯田蛇笏（いいだだこつ）

軒に吊るされたままのずっしりした鉄の風鈴の音が強く心に響き、秋の深まりと一抹の憂いを感じます。「くろがね」の重さがそのまま句の重みとなり、古典的な整った調べが独特の気韻を感じさせる、蛇笏の代表作です。

9月2日　旧8月4日

ひらひらとてのひらばかり風の盆

風の盆　秋　井口荘子（いぐちとし）

一日から三日まで富山市八尾（やつお）で行われる「おわら風の盆」。哀愁に満ちた越中おわら節にのせて、踊り手たちが指先までしなやかに動かして踊ります。笠で顔を隠した踊り手の、ひらひらと舞うてのひらが印象的でした。

おわら風の盆（富山市）

9月3日　旧8月5日

新妻の靴ずれ花野来しのみに

花野　秋　鷹羽狩行（たかはしゅぎょう）

新婚の夫には、花野を歩いた新妻の靴ずれまで可愛らしく見えました。昭和三十四年作、第一句集『誕生』所収。当時、都会の核家族の暮らしから生まれた一連の明るい愛妻俳句は、新鮮な驚きと感動をよびました。

9月4日　旧8月6日

爽やかにゆで肉だけの中華そば

爽やか　秋　上田信治（うえだしんじ）

しっとり柔らかな茹で肉だけの中華そば。旨みのあるやさしいスープが、秋らしいすがすがしさを感じさせます。こってりした中華そばもいいけれど、これもおいしそう。楽しい一句です。

9月5日　旧8月7日

虫籠に虫ゐる軽さゐぬ軽さ

虫籠　秋　西村和子（にしむらかずこ）

虫の入った虫籠を手に取って、その思いがけない軽さにハッとします。虫が入っていても入っていなくても、あまり変わらず、ほとんど同じ軽さなのです。小さな虫の命の軽さに胸打たれ、あわれを感じます。

虫籠

9月6日　旧8月8日

子にみやげなき秋の夜の肩ぐるま

秋の夜　秋　能村登四郎（のむらとしろう）

お土産を用意できず、がっかりさせまいと、駈け寄る子を抱き上げ秋灯の下で肩車をして歩く父。昭和二十六年の作です。戦後、幼くして長男、次男を亡くした作者にとって、長女と三男は心から愛おしい存在でした。

9月7日　旧8月9日

秋草の乱るる中に荘閉す

秋草　秋　高浜年尾（たかはまとしお）

秋草が咲き乱れる夏の山荘を閉ざし、いつもの生活に戻って行きます。昭和四十四年作。ひと夏の、そして父、虚子が山中湖畔に「老柳山荘（ろうりゅうさんそう）」を構えてからのさまざまな思いも込められています。

9月8日　旧8月10日　白露

秋場所の跳ね太鼓雨やんでをり

秋場所　秋　堀口星眠（ほりぐちせいみん）

大相撲の秋場所が始まりました。一日の取り組みが終わると、国技館前の高さ十六メートルの櫓の上で、「明日も来てください」という意味の跳ね太鼓が叩かれます。見上げるといつしか雨は止み、空は明るんでいました。

9月9日　旧8月11日　重陽

朝露や菊の節句は町中も

菊の節句　秋　炭太祇（たんたいぎ）

九月九日は重陽（ちょうよう）の節句。菊の節句ともいいます。太祇は江戸中期

大相撲秋場所前の両国国技館（東京都墨田区）

の俳人。この頃には貴族の行事から町に浸透、五節句のひとつとして親しまれました。庶民の間ではこの日を「お九日（くんち）」と呼び秋祭りなどを行いました。

菊

9月10日 旧8月12日

秋の昼ぼろんぼろんと艀ども

秋の昼　秋　神生彩史

神戸港の艀溜まりで艀が波に揺れていました。「ぼろんぼろん」が水に揺れる小舟の様子や水の動きをよく伝え、秋の昼の空虚な気怠さ、所在なさも伝わります。昭和十二年、新興俳句の作家、神生彩史の二十六歳の作です。

9月11日 旧8月13日

氷頭膾どこぞ殴打の味したり

氷頭膾　秋　中原道夫

昔アイヌの伝統的鮭漁では、鮭の魂を神の国へ返すため神聖な打頭棒で叩いて殺したといいます。こりこりとした鮭の頭の軟骨、氷頭膾の食感を楽しみながら、ふと殴打の名残の味を感じたという、ドキッとする一句です。

9月12日 旧8月14日

枝豆や三寸飛んで口に入る

枝豆　秋　正岡子規

枝豆の莢を押したら三寸（約九センチ）も飛び、勢いよく口のなかに飛び込んできたというユーモラスな一句です。明治三十四年の作。亡くなる一年前、献立から病苦の激しさ、死への恐怖まで病床生活を赤裸々に綴った『仰臥漫録』に記されています。

枝豆

9月13日　旧8月15日　十五夜

月を待つシャンパンの栓ぽんと抜き

月を待つ　秋　星野（ほしの）椿（つばき）

今日は十五夜。仲間と集まり、中秋の名月を待っています。皆の視線がシャンパンに集まり、栓を抜く音がぽんっと明るく響いて泡が弾けます。その明るさが美しい満月と響き合います。

9月14日　旧8月16日

ばつたんこ手紙出さぬしちつとも来ぬ

ばったんこ　秋　西村（にしむら）麒麟（きりん）

「ばったんこ」は「添水（そうず）」のこと。シーソーのように行ったり来たりする竹筒、規則的に繰り返される音を聞きながら、ああ、手紙来ないな、しょうがないか自分も出さないし、などと考えています。楽しい一句です。

9月15日 旧8月17日

浪黒き鰻十荷や放生会（なみぐろきうなぎじっかやほうじょうえ）

放生会　秋　黒柳召波（くろやなぎしょうは）

放生会は魚や鳥、獣を野に放し殺生を戒める行事。なかでも九月十五日に京都の石清水八幡宮（いわしみずはちまんぐう）で行われる石清水祭が有名です。勢いよく鰻を山麓の放生池に放つさまを詠んだ、江戸中期、蕪村の弟子の召波の作品です。

9月16日 旧8月18日

おもしろくなし敬老の日のテレビ

敬老の日　秋　右城暮石（うしろぼせき）

今日は敬老の日。テレビでは朝からお年寄りへの感謝を呼びかけて特集を組んでいますが、老人である自分にはつまらない番組ばかりです。今日だけそんなふうに言われても、とユーモラスに詠みました。

9月17日 旧8月19日

稲刈つて鳥入れかはる甲斐の空

稲刈　秋　福田甲子雄（ふくだきねお）

季節の移り変わりとともにやってくる渡り鳥。稲刈りが終わったあと、甲斐の空に舞う鳥の群れは、すっかり入れ替わっていました。全身全霊で甲斐の風土を愛し、あたたかく重厚な作品を残した福田甲子雄の代表作です。

稲刈り後の真雁（宮城県栗原市）

9月18日　旧8月20日

鯊釣つて東京湾に親しめり

鯊釣　秋　大串章

初心者や家族連れでも気軽に楽しめる鯊釣り。東京湾での鯊釣りは人気があり、江戸前の釣りのひとつとして古くから愛されてきました。鯊釣りにやって来て、東京湾がより身近な存在になりました。

9月19日　旧8月21日

父も又早世の人獺祭忌

獺祭忌　秋　稲畑廣太郎

今日は正岡子規の忌日。俳号のひとつ「獺祭書屋主人」から「獺祭忌」、また「糸瓜忌」ともいいます。明治三十五年のこの日、三十四歳の若さで亡くなった子規から、思いは早くに亡くなった父へと向かいます。

9月20日　旧8月22日　彼岸入り

よく晴れて秋刀魚喰ひたくなりにけり

秋刀魚　秋　和田耕三郎

秋刀魚のおいしい季節。空はよく晴れ上がり気持ちのよい一日、なんだか急に秋刀魚を食べたくなりました。もうもうと威勢良く煙をあげて焼いた焼きたての秋刀魚に、大根おろしとすだちを添えて。最高ですね。

9月21日　旧8月23日

糸瓜棚この世のことのよく見ゆる

糸瓜棚　秋　田中裕明（たなかひろあき）

四十五歳でこの世を去った田中裕明の最後の句集『夜の客人（まろうど）』の句。子規の辞世の句を思い出させる糸瓜棚の下で、あの世から見るように客観的にこの世のことがよく見えるのは、自分の死を覚悟しているからでしょう。

9月22日　旧8月24日

芋嵐（いもあらし）わが家吹きぬけひびくなり

芋嵐　秋　村山古郷（むらやまこきょう）

芋嵐は大きな里芋の葉をひるがえして吹く秋風。窓から入った芋嵐が、家全体を響かせ吹き抜けていきます。昭和三十一年の作です。田園風景広がる東京、練馬の小さな一軒家での日々は、自然と一体になった暮らしでした。

中華そば

9月23日　旧8月25日　秋分の日

らうめんの淵にも龍の潜みけり

竜淵に潜む　秋　青山茂根（あおやまもね）

「竜淵に潜む」は秋分の頃を表す想像上の季語で、中国の字典『説文解字（せつもんかいじ）』に由来します。澄んだ静謐な水に潜む竜、この神秘的な季語をラーメンの丼に発見した楽しさ。新鮮な一句です。

9月24日　旧8月26日

くたびれてみんなよき顔秋茜

秋茜　秋　南十二国（みなみじゅうにこく）

今日はよく歩きました。疲れてはいるけれど、充実感があり皆よい顔をしています。秋茜はいわゆ

秋茜（埼玉県飯能市）

る赤とんぼですが「秋茜」の文字から美しい夕焼空も思い浮かび、心地よい疲れに身を委ねる仲間たちの笑顔が見えてきます。

9月25日 旧8月27日

取敢へず松茸飯を焚くとせん

松茸飯　秋　高浜虚子（たかはまきょし）

松茸を頂きました。焼き松茸、お吸い物、土瓶蒸し……、とりあえずは松茸飯にしましょうか。味よし香りよし、秋の味覚の王者、松茸。日本人は万葉集の時代から香りのよさを讃え、松茸狩りを楽しんでいたようです。

松茸飯

9月26日 旧8月28日

雲秋意琴を売らんと横抱きに

秋意　秋　中島斌雄（なかじまたけお）

昭和三十年刊行の句集『火口壁』所収。戦後の生活苦から妻の琴を売ろうとしているのでしょう。おもに女性のたしなむ琴を抱いて歩く体裁の悪さ、後ろめたさ。流れる雲が、しのびよる秋の気配とかげりを感じさせます。

9月27日 旧8月29日

失敗の多き一日とろろ飯

とろろ飯　秋　篠崎央子（しのざきひさこ）

今日は失敗ばかりの一日でした。胃が疲れているときや食欲がないときでも、さらっと食べられる、体にも心にも優しいとろろ飯に癒されます。明日はまた、元気に前向きにいきましょう。

とろろ飯

9月28日 旧8月30日

新書判ほどの秋思といふべしや

秋思　秋　片山由美子（かたやまゆみこ）

秋思は秋になってしみじみと感じるものおもいを表す季語。寂しさを感じるものの、いまの自分の秋思とは、文庫判ほど軽くはないけれど単行本ほど深刻でなく、いわば新書判ほど。現代的な秋思の感覚ですね。

9月29日 旧9月1日

秋灯（あきともし）かくも短き詩を愛し

秋灯　秋　寺井谷子（てらいたにこ）

十歳で俳句を始め、やがて父横山白虹（よこやまはくこう）の「自鳴鐘（じめいしょう）」の主宰を継いだ作者。いつのまにか俳句という短い詩は、なくてはならないものになっていました。静かな思索を誘う秋の灯のもと、今日も俳句と向きあいます。

秋灯

9月30日 旧9月2日

淋しさに又銅鑼(どら)うつや鹿火屋守(かびやもり)

鹿火屋守　秋原(はら)　石鼎(せきてい)

鹿火屋は、夜中に山の田畑が荒らされるのを防ぐため火を焚く番人の小屋。鹿火屋守が打つ銅鑼の音が吉野の山に響き、深くしみいってゆきます。淋しくて打ったのだろうと感じたのは、石鼎自身の淋しさゆえでしょう。

山里（宮崎県）

10月 【神無月(かんなづき)・神在月(かみありづき)】

長崎くんち（長崎市上西山町・諏訪神社）

10月1日　旧9月3日

秋深き隣は何をする人ぞ

秋深し　秋　松尾芭蕉（まつおばしょう）

秋も深まり、ひっそりとしています。病気で臥せっている自分。隣も物音がしないけれど、やはり孤独で、寂しさを感じながらこの人生を生きているのでしょうか。現代に生き続ける、しみじみとした味わいの一句です。

10月2日　旧9月4日

渡り鳥近所の鳩に気負なし

渡り鳥　秋　小川軽舟（おがわけいしゅう）

秋に北から渡ってくる渡り鳥は、遠くはるかな地への思い、憧れをかきたてます。一方いつも近所でみかける鳩は、ささやかな日常の象徴。いつもどおりの日々、それこそが幸せなのだと教えてくれているようです。

夕焼けだんだん（東京都・谷中）

10月3日　旧9月5日

カーテンを開けると夕日そして秋　越智友亮（おちゆうすけ）

秋 秋

以前より少し早まった夕暮れ。ふと気づくと、いつのまにか空は赤く染まっています。窓のカーテンを大きく開けると、沈みゆく美しい夕日が、一日の終わりの切なさとともに、深まる秋を感じさせました。

10月4日　旧9月6日

にぎはしく指間をこぼれ今年米　鷹羽狩行（たかはしゅぎょう）

今年米 秋

新米の季節になりました。両手に掬（すく）いとった新米が、指の間から輝きながら落ちていきます。新米の輝き、生命感とともに、収穫の喜び、豊かな実りへの感謝の気持ちが伝わってきます。

新米

10月5日　旧9月7日

稲架（はざ）を組むうしろ真青に日本海　森田（もりた）かずを

稲架 秋

稲架は刈り取った稲を掛けて乾燥させるための木組みのこと。稲架を組む人の向こうには、真っ青な日本海。そして青く澄み渡った空が広がります。なつかしさをかきたてる、日本の秋の美しい田園風景です。

10月6日　旧9月8日

秋麗の柩に凭れ眠りけり　藤田直子（ふじたなおこ）

秋麗 秋

愛する夫を亡くしました。夫に体を預けるように柩に寄り添って

稲架（群馬県沼田市）

眠ります。自分がからっぽになってしまったようなやりきれない思い。うららかに澄んだ美しい秋をあらわす季語「秋麗」が、深い悲しみを感じさせます。

10月7日 旧9月9日

下り簗四方の山々雲の中

下り簗　秋　京極杜藻

下り簗は、秋に産卵を終えて川を下る落ち鮎を捕える仕掛けです。山に囲まれた清流に、石などを積んで川幅を狭め、簀の子状の台が設置されています。周囲の山々は雲に隠れ、風が吹き渡り、さわやかな川音が響きます。

簗漁（奈良県五條市・吉野川）

10月8日　旧9月10日　寒露

鉄塔のふんばつてゐる大刈田

刈田　秋　塩川雄三（しおかわゆうぞう）

稲を刈り取ったあとの田んぼに鉄塔が建っています。稲穂が豊かに揺れる風景から一転、広々とした空間になった刈田。鉄塔の太く広がった足元も見えるようになりました。力を込めて、ふんばっているようです。

10月9日　旧9月11日

赤い羽根お礼の声も揃ひたる

赤い羽根　秋　中本真人（なかもとまさと）

賑やかに赤い羽根共同募金が始まりました。「ありがとうございました」。街角に、声を揃え頭を下げる子供たちの元気な声が響きます。戦後、昭和二十二年に民間で始まり、現在は毎年十月一日から六カ月間行われています。

10月10日　旧9月12日

また一人遠くの蘆（あし）を刈りはじむ

蘆刈　秋　高野素十（たかのすじゅう）

屋根を葺いたり葭簀（よしず）を作るため、水辺の枯蘆を刈り取ります。せっせと蘆を刈る人びとの遥か彼方で、またひとり刈り始めた人の姿が見えます。広々とした蘆原の空間、吹き渡る風も感じさせるような客観写生の一句です。

蘆刈（宮城県石巻市・新北上川河川敷）

山陰線を走る貨物列車（松江市）

10月11日 旧9月13日 十三夜

終電のあとを貨車ゆく十三夜

十三夜 秋 下坂速穂（しもさかすみほ）

今日は十三夜、月の美しい夜です。名月の約一カ月後、陰暦九月十三日のこの日の月を「後（のち）の月」といいます。深夜、終電も終わってあたりは静まりかえり、月が皓々と線路を照らすなかを、貨車が通り過ぎていきました。

10月12日 旧9月14日

おい癌め酌みかはさうぜ秋の酒

秋の酒 秋 江國滋（えくにしげる）

食道癌と診断され「残寒やこの俺がこの俺が癌」と思いを迸（ほとばし）らせた江國滋。厳しい闘病生活のなか、苦しみながら軽妙なユーモアをたたえた句を詠み続け、半年後に亡くなりました。「敗北宣言」と前書きのある辞世の句です。

10月13日 旧9月15日

角切られたる鹿今宵如何に寝る

鹿の角切 秋 津田清子（つだきよこ）

奈良の秋を彩る春日大社の「鹿の角きり」は、江戸時代から約三百五十年続く伝統行事です。立派な角の鹿と、鹿を追い込む勢子（せこ）たちの勝負は迫力満点ですが、昨日まであった見事な角をなくした鹿が哀れに感じられます。

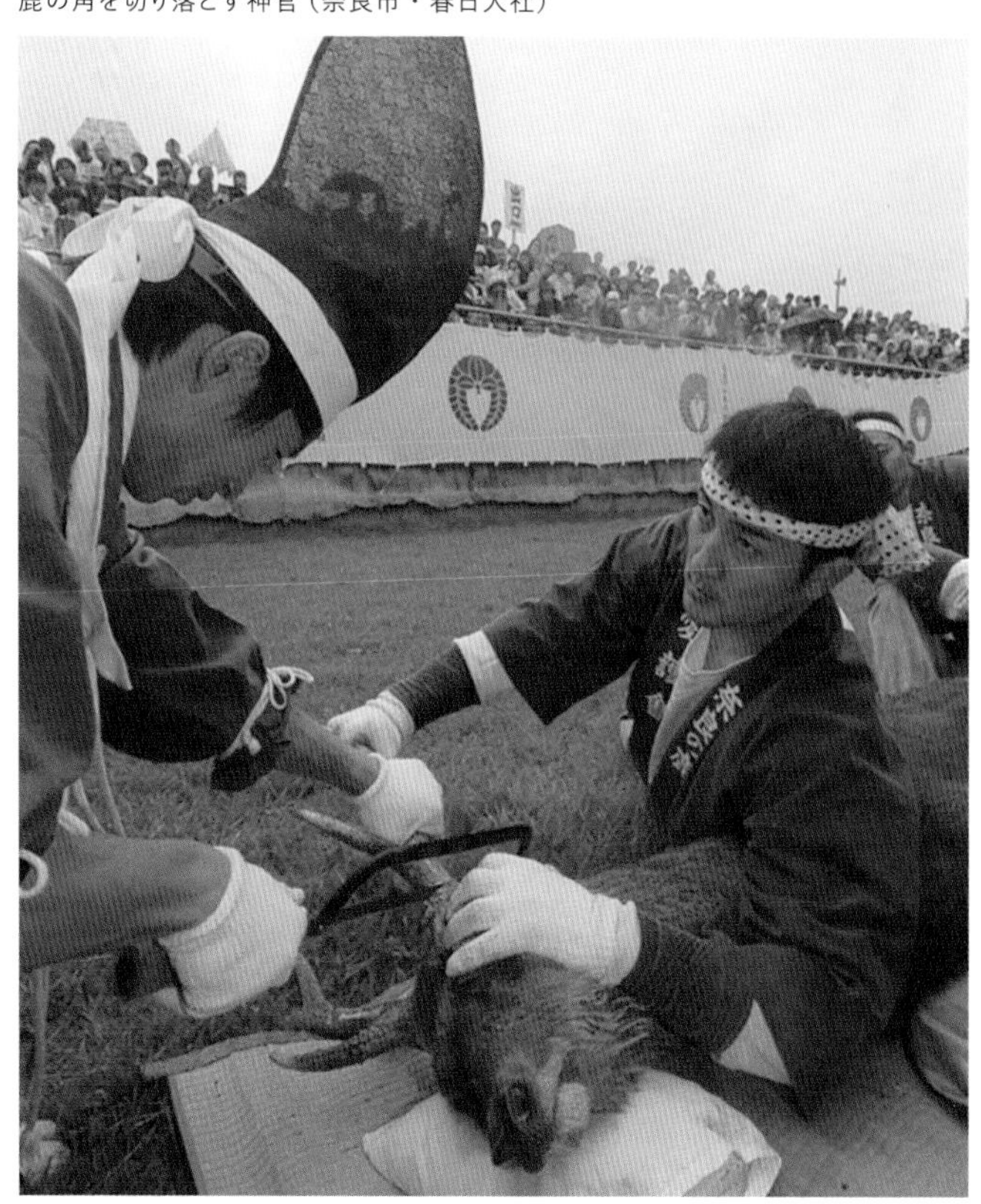

10月14日 旧9月16日

ころんでも泣かぬ約束運動会

運動会 秋 中井陽子（なかいようこ）

徒競走や綱引き、元気いっぱいの子供たち。まだ小さくても泣かずにがんばります。最近は五月、六月に行う学校が多いけれど、以前は運動会といえば秋。体育の日に行うことも多かったため秋の季語になっています。

10月15日 旧9月17日

さり気なく聞いて身にしむ話かな

身にしむ 秋 富安風生（とみやすふうせい）

「身に入（し）む」は秋の冷ややかさとともに、寂寥感、もののあわれが

芋煮会（山形市）

身に深くしみとおるように感じられるという季語。世間話のようにさりげなく聞いた話がしみじみと心にしみて、もの淋しく感じられるのです。

10月16日 旧9月18日

月山（がっさん）の見ゆと芋煮てあそびけり

芋煮　秋　水原秋桜子（みずはらしゅうおうし）

宮城県や福島県、特に山形県では芋煮会は秋の定番行事。川原に集まり、里芋、肉、蒟蒻、野菜などを大鍋で煮て、家族や友人で楽しみます。よく晴れた秋の日、月山を仰ぎながら、のびのびと心豊かな一日を過ごします。

10月17日 旧9月19日

つくづく淋しい我が影よ動かして見る

無季　尾崎放哉（おざきほうさい）

大正十三年「層雲」初出。この前年、三十八歳の時に免職され妻と別居、無所有を信条とする京都の奉仕団体、一燈園に入り、托鉢、奉仕の辛い日々を送り始めた放哉。自分の動く影をみつめ、孤独と向き合います。

10月18日 旧9月20日

私立の子公立の子や海贏廻し（ばいまわし）

海贏廻し　秋　高篤三（こうとくぞう）

昭和十年代の東京・浅草で、私立の子も公立の子もみんな一緒に

夢中になって遊んでいます。海蠃は巻き貝。貝殻で作ったばいごまは江戸初期から子供の遊びとして流行、やがて鋳物製のベーゴマになりました。

10月19日 旧9月21日

酒も少しは飲む父なるぞ秋の夜は

秋の夜　秋　大串章

「故郷より吾子誕生の報至る。即ち一と言」の前書があります。知らせを受け、ひとり祝杯をあげているのです。生まれたての我が子に送る、新米の父としてはじめての、含羞と喜びのこもったメッセージです。

10月20日 旧9月22日

恋ふたつ　檸檬はうまく切れません

檸檬　秋　松本恭子

二つの恋の間で揺れ動く心、決められない切なさやもどかしさを檸檬にたとえます。昭和六十二年刊の句集『檸檬の街で』所収。当時作者は口語的な文体の句から俳句界の俵万智と呼ばれ、青春俳句のシンボル的存在となりました。

10月21日 旧9月23日

障子しめて四方の紅葉を感じをり

紅葉　秋　星野立子

障子はやわらかい光を通して外の世界を感じさせます。障子を照

檸檬（広島県）

らす庭の紅葉明り。紅葉を直接見てはいないのに、逆に見ていないからこそ、紅葉の気配が濃厚に感じられ、その美しさがいっそう心に響いてくるのです。

障子越しの紅葉

10月22日　旧9月24日

時代祭華やか毛槍投ぐるとき

時代祭　秋　高浜年尾

　平安神宮の大祭、時代祭は京都三大祭りのひとつ。約二千人の市民が、平安京の造営された延暦時代から明治時代まで、時代時代のスタイルに扮し京都を練り歩く時代風俗行列が見どころ、とても華やかです。

10月23日　旧9月25日

秋鯖や上司罵るために酔ふ

秋鯖　秋　草間時彦

　居酒屋で酒をあおり、おいしい庶民の味、秋鯖を味わいながら、積もり積もった上司への不満を吐き出し、さんざん悪口を言って気を晴らします。句集『中年』（昭和四十年刊）所収。サラリーマン俳句の嚆矢となった句です。

10月24日　旧9月26日　霜降

敗荷を刈る水深く鎌を入れ

敗荷　秋　寺島ただし

　敗荷は晩秋になって葉が無惨に破れ、わびしい姿となった蓮。その葉や茎が、冬に蓮根を掘る作業の邪魔になるので、前もって刈り取ります。「水深く鎌を入れ」から、大きく体を動かし深く鎌を入れて水中の茎を刈り取る、水のなかでの重労働のさまが伝わります。

敗荷（滋賀県・琵琶湖）

10月25日 旧9月27日

胡桃割る聖書の万の字をとざし

胡桃 秋 平畑静塔（ひらはたせいとう）

戦後カトリックに入信した静塔。ぎっしり文字の詰まる聖書を閉ざし、胡桃を割り始めました。重厚な聖書のなかの豊かな世界と、豊穣や幸運のシンボル、胡桃の堅い殻。ささやかな日常にも静けさ、透徹した空気が漂います。

10月26日 旧9月28日

萩刈りしゆゑの寂しさのみならず

萩刈る 秋 上林白草居（うえばやしはくそうきょ）

晩秋、花が終わった萩を根本から刈り取ります。すると次の春に盛んに芽をだすのです。乱れ咲いていた萩の茂みがなくなるとともに、さまざまな思いが胸をよぎり、しみじみ寂しさに包まれました。

10月27日 旧9月29日

栗飯を子が食ひ散らす散らさせよ

栗飯 秋 石川桂郎（いしかわけいろう）

旬を迎えた栗を味わいます。ほくほくしっとり、おいしい栗ご飯。子どもが喜んで、ぽろぽろこぼしながら食べています。行儀が悪いと叱らずに、今日は思い切り食べさせてあげましょう。

栗飯

10月28日 旧10月1日

この道の富士になり行く芒かな

芒 秋 河東碧梧桐（かわひがしへきごとう）

芒（すすき）の美しい高原を歩いていきま

す。歩き続けるこの道は、富士山につながる道。「富士になり行く」という表現が、秋晴れの広々とした大地を感じさせます。明治三十四年、二十八歳の作です。

10月29日 旧10月2日

新蕎麦や口で箸割る秩父駅

新蕎麦　秋　深田雅敏（ふくだまさとし）

新蕎麦の季節、爽やかな秋の秩父駅（埼玉県）に降り立ち、香り豊かな新蕎麦を味わいます。山に囲まれた秩父はおいしい蕎麦の産地。「口で箸割る」から、早く食べたい気持ち、旅のわくわく感が伝わりますね。

新蕎麦

10月30日 旧10月3日

あはれ子の夜寒の床の引けば寄る

夜寒　秋　中村汀女（なかむらていじょ）

秋も深まってきました。夜半に目覚めてふと肌寒さを覚え、寒くはないかと隣に寝かせた幼子の布団を引き寄せます。その思わぬ軽さに驚き、しみじみと愛おしさを感じました。汀女の代表作のひとつです。

10月31日 旧10月4日

ハロウィンの南瓜パレード港町

ハロウィン・南瓜　秋　古賀まり子（こがまりこ）

若くして生死をさまようような闘病生活を送り、その後も多くの病気に苦しんだ作者。生まれ育った横浜の美しく華やかなパレードをみつめます。平成四年、六十六歳の作。いまやハロウィンは秋の一大イベントとなりました。

ハロウィン・パレード（神奈川県川崎市）

11月【霜月（しもつき）・神楽月（かぐらづき）】

寿福寺の旧本堂の床に映し出された逆さ紅葉（長崎県佐世保市）

11月1日 旧10月5日

ここに来てわが人生の小春かな

小春　冬　深見(ふかみ)けん二(じ)

平成二十九年、九十五歳の作。いろいろなことがあったけれど、いまは心安らぐ穏やかな日々です。十九歳から虚子に直接学び、ひたすら花鳥諷詠、客観写生の道を歩んできた作者。やさしく包み込むあたたかさのある一句です。

11月2日 旧10月6日

どんぐりの転がる先の閻魔さま

どんぐり　秋　池田琴線女(いけだきんせんじょ)

ころころと転がる団栗を追って、ふと目をあげると、嘘をつくと舌を引っこ抜くというこわい閻魔様の像が。可愛い団栗と、恐ろしい冥界の王、閻魔様の対比が楽しい一句です。

団栗

11月3日 旧10月7日 文化の日

消しゴムにバニラの香り文化の日

文化の日　秋　三木基史(みきもとし)

昭和の小学生の間で流行った香り付き消しゴム。チョコレートやコーラ、ローズ、オレンジ、ソーダなどさまざまでした。今日は文化の日、消しゴムから漂うバニラの甘い香りがなつかしい、心豊かな一日です。

11月4日 旧10月8日

たけがりや見付けぬ先のおもしろさ

たけがり　秋　山口素堂(やまぐちそどう)

茸狩(たけがり)は、江戸時代から秋の楽しみのひとつでした。仲間と秋の山

松茸（岐阜県八百津町）

に入り、草をかきわけて茸を探す楽しさ。自分でみつけた喜びは何にも代え難く、みつける前から楽しくてわくわくします。

11月5日 旧10月9日

家あれば柿吊しある峠かな

柿吊す　秋　岡安仁義（おかやすじんぎ）

峠の家々に柿が吊るされ、なつかしさを誘います。人びとの暮らしの気配に旅人は心安らぎます。干し柿は古くから冬の保存食として作られ、農家の庭の柿が豊かに実った風景や軒先の吊し柿は、日本の秋の風物詩となりました。

吊し柿（富山県南砺市）

11月6日　旧10月10日

十日夜坊主頭の輪となりて

十日夜　冬　山田閏子

十日夜は、おもに関東で陰暦十月十日に行われる、子供たちを中心にした収穫祝いの行事。藁で作った藁鉄砲で地面を叩いて近所の庭先を回ります。藁鉄砲を手に集まった元気な男の子、みな坊主頭です。

十日夜の藁鉄砲づくり（埼玉県狭山市）

11月7日　旧10月11日

にんげんの慌しさを鮃の目

鮃　冬　辻田克巳

鮃の目は左右の目が体の左側についています。海底の砂に隠れ、至近距離で獲物を捕えるのに便利なのです。海底で両目のある左側を上にして生活する鮃。人間の慌ただしい暮らしを皮肉なまなざしでみつめているようです。

11月8日　旧10月12日　立冬

かくれんぼ三つかぞえて冬となる

立冬　冬　寺山修司

かくれんぼの鬼になって三つ数えたとき、ふと空気の冷たさを覚え、冬になったと感じました。その飛躍から、目隠しをしているうちに時が過ぎて、ひとりだけ取り残されたような怖ろしさや寂しさ、疎外感が伝わります。

11月9日　旧10月13日

酉の市昨日でありしがらんだう

酉の市　冬　安原葉

毎年十一月の酉の日に行われる酉の市。夜明けから始まり、新年

酉の市（東京都台東区・鷲神社）

の準備のため縁起物の熊手をもとめる人々で一日中大賑わい、年末の風物詩となっています。訪れたのはその翌日、酉の市の賑わいが嘘のように、静かでがらんとしていました。

11月10日 旧10月14日

電線にあるくるくるとした部分　無季　上田信治（うえだしんじ）

街を歩いていて見上げ、ふと気になったのでしょう。これは碍子（がいし）でしょうか、「くるくるとした部分」という表現が妙に愛らしく新鮮で、おかしさを誘います。こんなことも俳句になるのだ、と楽しくなる一句です。

11月11日 旧10月15日

狐火を信じる妻を愛さねば　狐火　冬　大牧広（おおまきひろし）

狐火は、冬の夜に野や畦道などにゆらゆら灯る妖しい火です。狐火や妖怪の話も信じる無邪気な妻。そんな妻を「愛さねば」という逆説的な表現に、含羞と妻への愛情が感じられます。

11月12日 旧10月16日

行きずりの銃身の艶猟夫（さつお）の眼　猟夫　冬　鷲谷七菜子（わしたにななこ）

たまたま狩猟をする人とすれ違いました。鉄色に輝く銃身、そしてそれを持つ猟夫の人を射すくめ

電線

るような鋭い眼の光に、野生の猛々しさを感じ、息を呑みました。一瞬の戦慄が身を走り抜けます。

11月13日 旧10月17日

たたまれてあるとき妖し紅ショール

ショール　冬　竹下（たけした）しづの女（じょ）

身にまとった時はさりげなく女性を彩っていたのに、女性の身を離れ、たたまれて置いてある紅いショールは独自の存在感を放ち、どこか妖しさを感じさせます。昭和女性俳句の先駆けとなったしづの女の昭和十三年の作です。

11月14日 旧10月18日

足袋つぐやノラともならず教師妻

足袋　冬　杉田久女（すぎたひさじょ）

イプセンの戯曲「人形の家」の主人公、ノラのように、自由を求めて家を出ることもかなわず、一介の教師の妻に甘んじて足袋を繕っている自分。大正十一年、三十二歳の作。久女の代表作です。

猟銃を背負って山を歩く狩猟者たち（徳島県那賀町）

べっ甲飴

街灯（北海道・釧路駅前）

11月15日 旧10月19日 七五三

ヒーローのお面を被り七五三

七五三 冬 矢野玲奈（やのれいな）

今日は七五三。神社はお参りの親子で賑わいます。羽織袴で決めた男の子が、大好きな特撮ヒーローのお面を被って元気に歩いていきます。せっかく立派な格好をしているのに……。でも本人は嬉しそう、大満足のようです。

11月16日 旧10月20日

墓は買つたし白菜は洗つたし

白菜 冬 加藤静夫（かとうしずお）

これでいつ死んでもいいからひと安心？ 一生に一度の大きな買い物と日常の小さな営みが同じ重みで語られます。くすっと笑いながらふと考えてしまう、句集『中略』（平成二十八年刊）、東日本大震災「以後篇」の一句です。

七五三（大阪市・住吉大社）

11月17日 旧10月21日

はやばやとともる街灯冬めける

冬めく　冬　富田直治（とみたなおじ）

もう街灯が灯りました。日がどんどん短くなっているのです。街灯の灯る早さに移りゆく季節を感じます。街灯に照らされた街も、足早に過ぎゆく人びとの姿も、どこか冬めいて感じられます。

11月18日 旧10月22日

ふところに手紙かくして日向ぼこ

日向ぼこ　冬　鈴木真砂女（すずきまさじょ）

手紙の内容をすっかり覚えてしまうくらい何度も読み返して、懐深くに秘めた大切な人からの手紙。

日向ぼこ（山梨県甲府市）

胸を熱く燃やしながら、冬の暖かな日差しのもと、何食わぬ顔で日向ぼこをしています。

11月19日 旧10月23日

あるだけの藁かかへ出ぬ冬構

冬構　冬　村上鬼城（むらかみきじょう）

本格的な冬が来る前に、北風や雪から家や樹木を守るために、さまざまな準備をします。家に風除けや雪囲いをしたり、木に雪吊りや藪巻きをしたり。たくさんの藁を両手に抱え込んで運び、懸命に作業を続けます。

11月20日 旧10月24日

熱燗の夫にも捨てし夢あらむ

熱燗　冬　西村和子（にしむらかずこ）

結婚し、二人の子を育ててきました。自分だけが夢を捨てたと思っていたけれど、晩酌をしてくつろぐ夫を見て、ふと、夫にも家族のために捨てた夢があったのでは、と気づきます。夫へのしみじみとした情愛が伝わります。

11月21日　旧10月25日

隙間風その数条を熟知せり

隙間風　冬　相生垣瓜人（あいおいがきかじん）

壁とドアや窓の間から吹き込んでくる隙間風。そのいくつかの道筋をよく知っているのです。日本の木造家屋ならではですね。「隙間風」に対する「数条」「熟知」という格調高い表現が、おかしみを誘います。

11月22日　旧10月26日　小雪

牡蠣啜（すす）るするりと舌を嘗（な）めにくる

牡蠣　冬　坊城俊樹（ぼうじょうとしき）

牡蠣（宮城県石巻市）

新鮮な生牡蠣を殻から啜ります。するとと逆に牡蠣のほうが、するりと舌を嘗めに来たような気がしました。牡蠣の滑らかな舌触りとともに、牡蠣の命そのものの存在感も伝わってくるような、不思議な一句です。

雪吊り（青森県弘前市・藤田記念庭園）

11月23日 旧10月27日　勤労感謝の日

よく笑ふ妻ゐて勤労感謝の日

勤労感謝の日　冬　加古宗也（かこそうや）

今日は勤労感謝の日。神様に新米を供えて収穫を感謝する新嘗祭（にいなめさい）が、戦後、すべての生産を祝い勤労をねぎらう日となりました。よく働いてきたけれど、それもよく笑う明るい妻が支えてくれたからこそ。心から感謝しています。

11月24日 旧10月28日

灯をともし潤子のやうな小さいランプ

無季　富沢赤黄男（とみざわかきお）

昭和十四年、戦場から幼い娘に送った「ランプ　潤子よお父さんは小さい支那のランプを拾つたよ」と題する連作のひとつです。「やがてランプに戦場のふかい闇がくるぞ」の句も。娘への愛情に満ちた美しい作品です。

11月25日 旧10月29日

ジャージ着て少年ふたり冬田道

冬田　冬　林雅樹（はやしまさき）

冬枯れの田んぼの道を歩いて行

冬田

干大根（神奈川県・三浦海岸）

くジャージ姿の少年たち。現代の若者ですが、つかず離れず歩いてゆくふたりの関係にあたたかさが感じられ、どこかなつかしく郷愁を誘う風景です。

11月26日　旧10月30日

真白な干大根（ほしだいこん）の一日目

干大根　冬　太田土男（おおたつちお）

漬物用の大根を天日干しする大根干し。大根の簾を作って軒に吊るしたり、稲架のように丸太や竹を組んで干します。大がかりな「大根やぐら」も。次第に黄ばみしんなりしてくるまで十日ほど、今日はまだ一日目で真っ白です。

11月27日　旧11月1日

しぐるるや駅に西口東口

しぐるる　冬　安住（あずみ）　敦（あつし）

「田園調布」と前書きがありますが、どこに住む人にも身近な駅を思い起こさせます。時雨はさっと降ってさっと止む局地的な通り雨。足早に立ち去る人、空を見上げて佇む人、西口にも東口にもさまざまな人生が行き交います。

11月28日　旧11月2日

こころにも北窓のあり塞ぐべし

北窓塞ぐ　冬　片山由美子（かたやまゆみこ）

冬、北の窓に目張りをしたり、板を打ち付けて塞ぎ、寒い風が吹

時雨（福島市）

き込むのを防ぎます。「冬構」のひとつです。冷たい風が吹き込む窓は人の心の中にも。いまのうちに塞いでおかなくてはなりません。

11月29日　旧11月3日

冬耕の人いつまでもひとりなり

冬耕　冬　伊藤政美（いとうまさみ）

稲刈りのあと、そのままにしておくと雑草が生え土がやせてくるので、冬に田畑を耕します。広々とした農地を、ひとり黙々と耕す人をみつめます。ほかに人の姿はない、静かな冬田の情景です。

11月30日　旧11月4日

われは粗製濫造世代冬ひばり

冬ひばり　冬　高野ムツオ（たかの）

昭和二十二年生まれ、団塊の世代である自分を粗製濫造の世代と呼びかえました。天高く舞い囀る春の雲雀のようにはいかないけれど、冬のあたたかな日、冬枯れの田や畦を雲雀が低く静かに飛び回ります。

冬ひばり

12月【師走（しわす）・極月（ごくげつ）】

除夜の鐘 試し撞き（京都市・知恩院）

師走の街並み（東京都・銀座）

12月1日　旧11月5日

極月の人々人々道にあり

極月　冬　山口青邨（やまぐちせいそん）

十二月になりました。お歳暮、新年の準備、歳末の大売り出しやセール、忘年会など、何かとせわしない師走の街が人びとで賑わいます。第二句集『雪国』（昭和十七年刊）所収。時代は変わっても忙しさは変わりません。

12月2日　旧11月6日

桑枯れて秩父夜祭来りけり

秩父夜祭　冬　岡田水雲（おかだすいうん）

豪華絢爛な山車が花火とともに夜の町を彩る秩父夜祭。江戸中期、養蚕の盛んだった秩父の絹織物の市に由来します。養蚕を支える桑は葉を落とし、養蚕も衰退したけれど、今年もまた賑やかな秩父夜祭の季節がやってきました。

12月3日　旧11月7日

初雪やリボン逃げ出すかたちして

初雪　冬　野口る理（のぐちるり）

あ、初雪、と空を見上げると、風に吹かれ、リボンがほどけるように雪がくるりと舞いあがりました。リボンがするするとほどけていく情景も思い浮かびます。「逃げ出すかたち」という捉え方が新鮮な愛らしい一句です。

秩父夜祭大祭（埼玉県秩父市）

12月4日 旧11月8日

厄介なことはさておきみかんむく

みかん　冬　保坂（ほさか）リエ

生きているといろいろ面倒なことがあります。解決しなければいけないことはあるけれど、いまはとりあえず蜜柑を食べて、穏やかなこのひとときを味わいましょう。炬燵で蜜柑、ささやかな幸せの象徴です。

12月5日 旧11月9日

黒きコード跨ぎて寒くなりにけり

寒し　冬　矢口（やぐち）晃（こう）

テレビやオーディオ、パソコン、スマホの充電など、部屋の至るところにあるコード。現代の若者の暮らしです。床をながながと這う黒いコードを跨いだとき心身に感じた寒さ。孤独や不安、心の陰翳を伝えます。

みかんの丘（福島県広野町）

12月6日 旧11月10日

肝いかがいかがと仲居鮟鱇鍋

鮟鱇鍋　冬　森田（もりた）峠（とうげ）

鮟鱇の季節です。きゅっと締まった鮟鱇の身、旨みがしっかり染みた野菜、肝の濃厚な味わいが人気の鮟鱇鍋。「肝がおいしいですよ、いかがですか」と勧める元気いっぱいの仲居さんの姿が目に浮かぶ、楽しい一句です。

12月7日 旧11月11日 大雪

手をあげて此世の友は来りけり

無季　三橋敏雄（みつはしとしお）

やあ、と軽く手をあげてやって来る「此世の友」の向こうに、若

鮟鱇鍋

くして戦死したあの世の友の姿を思い浮かべます。戦争中に青春時代を過ごし、戦後も戦争にこだわり続けた敏雄。同世代への深い鎮魂の思いが込められています。

12月8日 旧11月12日

十二月八日かがみて恥骨あり

十二月八日　冬　熊谷愛子（くまがいあいこ）

今日は太平洋戦争開戦の日。かがんだときふと自分の恥骨の存在を意識しました。妊娠中には赤ちゃんが入った子宮を支えて守る小さな恥骨。子供を生み、育てる女性として、命の大切さを身体感覚で感じたのです。

12月9日 旧11月13日

給油所をひとつ置きたる枯野かな

枯野　冬　山田露結（やまだろけつ）

冬枯れの原野に、ぽつんと置かれた給油所。一読、その景が目の

過疎地のガソリンスタンド（群馬県高山村）

神楽（広島市）

前に広がります。高浜虚子の「遠山に日の当りたる枯野かな」など蕭条（しょうじょう）としたイメージの枯野に給油所を置いた意外性が新鮮な、現代の景です。

12月10日 旧11月14日

馥郁と闇のきりたつ里神楽（さとかぐら）

里神楽　冬　今井（いまい）　豊（ゆたか）

神様にささげる舞、神楽のうち、宮中の御神楽（みかぐら）に対して地方の神社や民間で行われるものを里神楽といいます。良い香りを漂わせながら鋭く聳える闇。神楽を包み込む闇の豊かさ、美しさを気品豊かに表現しました。

12月11日 旧11月15日

しづかなるいちにちなりし障子かな

障子　冬　長谷川素逝（はせがわそせい）

やわらかく電灯の光を返し、陰翳豊かな美しさをもたらす障子。薄い紙一枚で内と外を遮断し、もろく繊細でありながらぴんと張りつめた強さがあります。今日は静かな一日でした。澄んだ静謐な心で一日を振り返ります。

12月12日 旧11月16日

毛糸選（え）る欲しき赤とはどれも違ふ

毛糸　冬　山下知津子（やましたちづこ）

赤にも微妙な違いがあって、さまざまな色があります。しかしどれも自分が望む赤ではないのです。目の前のものに満足できません。激しく華やかな赤い毛糸に包まれ、世界との違和感に苛立ちます。

12月13日 旧11月17日

きりたんぽ話せば長くなるけれど

きりたんぽ　冬　榎本好宏（えのもとよしひろ）

きりたんぽはつぶしたご飯を串に巻き付け焼いた、秋田の郷土料理です。地鶏や野菜と煮込んだきりたんぽ鍋は格別のおいしさ。炉端で味わいながら、腰を落ち着けてゆっくり話をしましょう。話は長くなりそうです。

12月14日 旧11月18日

義士の日や何に触れても静電気

義士の日　冬　福永法弘（ふくながのりひろ）

今日は、元禄十五年、大石内蔵助ら赤穂浪士四十七人が吉良上野介邸に討ち入り、主君浅野長矩の仇を討った日です。静電気が、ぴりぴりと精神が張りつめたその日の赤穂浪士たちへの思い、緊張感をかきたてます。

きりたんぽ（秋田県大館市）

12月15日 旧11月19日

咳き込めば我火の玉のごとくなり

咳　冬　川端茅舎（かわばたぼうしゃ）

昭和十五年、四十三歳の作。死の一年前の句です。激しい咳と呼吸困難、頭痛、喀血など筆舌に尽くしがたい自身の苦しさを「咳止めば我ぬけがらのごとくなり」「咳暑し茅舎小便又漏らす」など冷静に観察し客観視しています。

義士祭（新潟県新発田市・長徳寺）

12月16日 旧11月20日

温めるも冷ますも息や日々の冬

冬　冬　岡本眸（おかもと ひとみ）

ふうっと息をふきかけてかじかんだ手を温めるのも、熱い飲み物や食べ物を冷ますのも同じ息。何気ない仕草を新しい視点で捉えます。誰もが知っていることなのに今まで気づかなかった、そんな句が人びとの共感を呼びます。

12月17日 旧11月21日

もう来ない町の鯛焼買ひにけり

鯛焼　冬　太田（おおた）うさぎ

いろいろなものに出合い、人に出会った、豊かな旅の日々。その途中で買った、身も心も温まるようなふっくらおいしい鯛焼を食べながら、ふと淋しさに包まれます。もう二度と、この町に来ることはないでしょう。

12月18日 旧11月22日

はぐれ来て羽子板市の人となる

羽子板市　冬　結城昌治（ゆうき しょうじ）

浅草の人混みの中、一緒に来た人たちとはぐれ心細い思いをしていると、いつのまにか華やかな羽子板市に紛れ込んでいました。江戸時代から続く浅草寺の羽子板市。十七日から十九日まで開かれ、たくさんの人で賑わいます。

羽子板市（東京都・浅草寺）

12月19日 旧11月23日

腰ぬけの妻うつくしき巨燵かな

巨燵　冬　与謝蕪村（よさぶそん）

「腰ぬけの妻うつくしき」でいったん切って読みます。病んで立てなくなった妻も、炬燵に入っていると美しく、愛しく感じられます。「うつくし」には「愛しい」の意味もあり、自分より弱い者への慈しみの情がにじみます。

12月20日 旧11月24日

霜の墓抱き起されしとき見たり

霜　冬　石田波郷（いしだはきょう）

結核の療養中に妻に抱き起こされたとき、窓の向こうの墓地の、霜の墓が目に入りました。やがて来る死を突きつける冷徹な風景でした。昭和二十三年作。抱き起こされたのは墓か作者かという「霜

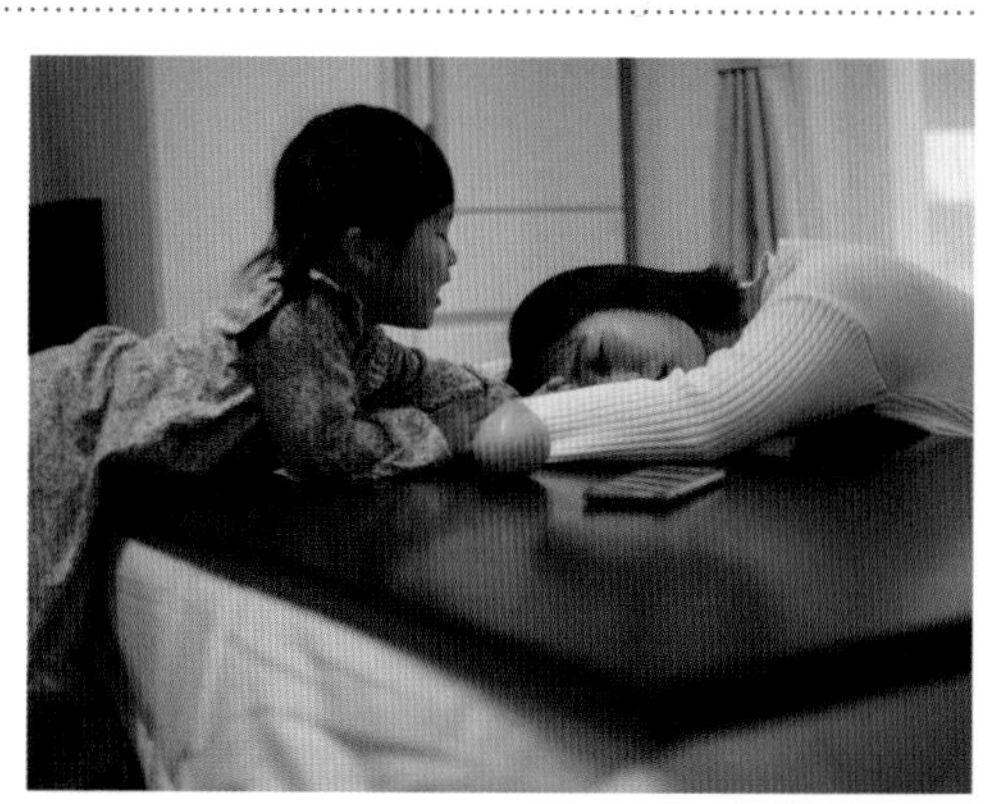

炬燵

12月

の墓論争」を呼んだ句です。

12月21日 旧11月25日

数へ日のガードレールに座りをり

数へ日　冬　齋藤朝比古（さいとうあさひこ）

あと何日かで今年も終わり。何かとせわしく、落ち着かない日々です。人びとが忙しそうに行き交う賑やかな街で、ひとりガードレールに座り込んでいます。自分だけこの賑やかな街から離れた透明人間のようです。

12月22日 旧11月26日　冬至

小走りに妻の出て行く冬至かな

冬至　冬　日野草城（ひのそうじょう）

冬至の日の出（三重県・伊勢神宮）

今日は冬至、昼のもっとも短い日です。夕方、小走りに買い物に出て行く妻の足音を、病に臥す作者の耳がじっと追っています。草城は、戦後肺結核で療養するなかで従来の才気が沈潜、独自の境涯句を詠むようになりました。

12月23日 旧11月27日

賀状書くけふもあしたも逢ふ人に

賀状書く　冬　藤沢樹村（ふじさわじゅそん）

そろそろ年賀状を書かなくては。毎日仕事で顔を合わせる人に書くのもなんだか妙なものですね。でも二十五日までに投函すれば元日に着くということですから、仕事納めまで待っているわけにはいきません。

12月24日 旧11月28日　クリスマスイブ

どこへ隠そうクリスマスプレゼント

クリスマスプレゼント　冬　神野紗希（こうのさき）

季語だけで十音もあります。「どこへ隠そう」だけで、サンタを信じる幼い子供の愛らしさ、子供をびっくりさせて喜ばせたい親の気持ち、クリスマスのわくわく感が無条件に伝わってくる楽しい句です。

クリスマスプレゼント

12月25日 旧11月29日 クリスマス

へろへろとワンタンすするクリスマス

クリスマス　冬　秋元不死男（あきもとふじお）

賑やかな世間に背を向けて、ひとり自嘲気味にワンタンをすする中年男。「へろへろと」が効いています。こんな侘びしいクリスマスを過ごす人も、実はけっこういることでしょう。句集『瘤』（昭和二十五年刊）所収。

12月26日 旧12月1日

風邪心地ノートパソコン点滅す

風邪　冬　小澤（おざわ）實（みのる）

風邪のひきはじめでしょうか。なんだか頭もぼおっとしています。

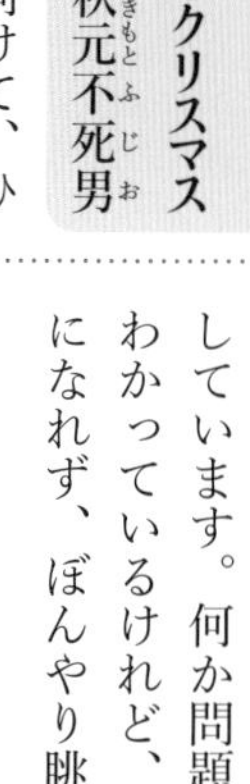

さっきからノートパソコンが点滅しています。何か問題があるのはわかっているけれど、対処する気になれず、ぼんやり眺めています。

ノートパソコンで資料作り（埼玉県久喜市）

CHRISTMAS

12月27日　旧12月2日

真顔して御用納の昼の酒

御用納　冬　沢木欣一（さわききんいち）

今日は御用納の日。午前中に仕事を終えて、といっても仕事らしい仕事はないのですが、机回りの片付けをし、それから社内で集まり乾杯。上司の年末の挨拶をみな真面目な顔をして聞いています。ユーモラスな一句です。

12月28日　旧12月3日

煤はきやなにを一つも捨てられず

煤はき　冬　各務支考（かがみしこう）

煤掃（すすはき）は新年を迎えるため一年の煤を払い家を清めること。古くは十二月十三日の慣例でした。支考は江戸前・中期の俳人ですが、年末の大掃除で、片付けたいのに物を捨てられないのは、昔もいまも変わりませんね。

煤掃（埼玉県加須市・総願寺）

クリスマスツリー（愛知県・中部空港）

12月29日　旧12月4日

呵々大笑（かかたいしょう）入歯はづして年忘

年忘　冬　五百木飄亭（いおきひょうてい）

大笑いして入れ歯もはずれてしまうほどの忘年会。よほど愉快だったのでしょうね。正岡子規と同郷で親しく、医師、ジャーナリスト、やがて政治活動家となった飄亭の、『飄亭句日記』（昭和十五年刊）所収の一句です。

12月30日　旧12月5日

年惜しむ程のよきことなかりけり

年惜しむ　冬　松崎鉄之介（まつざきてつのすけ）

一年が終わろうとしています。この一年を振り返ってみると、過ぎゆく年を惜しむ程とくに良いことはなかったなあ、というのが正直な気持ちです。そんなに悪いこともなかったけれど。

12月31日　旧12月6日　大晦日

年を以て巨人としたり歩み去る

年歩む（行く年）　冬　高浜虚子（たかはまきょし）

堂々と巨人が歩み去って行くように年が過ぎてゆきます。人の意思の及ばない力、時という大きな存在を擬人化しました。碧梧桐の新傾向俳句に対抗するために、虚子が小説から俳句に復帰した大正二年の作です。

忘年会（秋田市）

1月 【睦月（むつき）・初空月（はつそらつき）】

初日の出（宮崎県・日南海岸）

1月1日 旧12月7日 元日

元日や手を洗ひをる夕ごころ

元日 新年 芥川龍之介(あくたがわりゅうのすけ)

新しい年の始まりを祝い、お雑煮やお節を皆で楽しんだ賑やかな一日も、そろそろ終わろうとしています。元日の夕暮れの満足感とさびしさ、しみじみとした思い。その微妙な心持ちが「夕ごころ」に込められています。

1月2日 旧12月8日

願ふより謝すこと多き初詣

初詣 新年 千原叡子(ちはらえいこ)

年を重ねるにつれて、いつしか神様にお願いごとをするよりも、

感謝することが多くなりました。足りないことを数えるのではなく、いまあるものをみつめ、いまの幸せに感謝します。

1月3日 旧12月9日

日本の仮名美しき歌留多かな

歌留多　新年　後藤比奈夫（ごとうひなお）

お正月、皆で歌留多を楽しみます。読み札に流麗に綴られた仮名が見事です。漢字をもとに日本人独自の感性と美意識から生まれた仮名。その伸びやかな線の情感と美しさに、あらためて日本の文化の素晴らしさを実感します。

1月4日 旧12月10日

貯蓄型浪費型ありお年玉

お年玉　新年　山田弘子（やまだひろこ）

お正月の子供たちの楽しみといえばお年玉。すぐに欲しい物を買ってしまう子もいれば、堅実に貯金する子も。お年玉は、元は年神様の魂である鏡餅を分け与えたもので、子供へお金を渡すようになったのは戦後のようです。

1月5日 旧12月11日

弾初のギターアンプやぶうんと鳴る

弾初　新年　榮猿丸（さかえさるまる）

弾初は、もとは邦楽で門弟が集まり琴や三味線を弾く新年の行事ですが、これは今年初めて弾くエレキギター。アンプが響かせる大きなサウンドが新年の静けさを心地よく破り、部屋の空気を震わせます。新しい力が漲（みなぎ）ります。

1月6日 旧12月12日　小寒

エレベーターの四隅に四人寒に入る

寒に入る　冬　清水良郎（しみずよしろう）

今日は小寒です。これから節分までが寒の内。今日から約三十日

初詣（東京都・明治神宮）

の寒に入るのです。寒さも厳しくなり、エレベーターの隅に寒そうに立つ四人の姿が、いかにもこの時期らしさを感じさせます。

1月7日 旧12月13日 七草 人日

六日八日中に七日のなづなかな

七日 新年 上島鬼貫（うえしまおにつら）

今日は六日と八日の間の七日。「七日正月」ともいいます。松飾りを外して、正月の気分にひと区切り。五節句のなかでも重要な「人日（じんじつ）」であり、薺粥（なずながゆ）（七種粥）を食べて、一年の無病息災を祈ります。

七種粥（大阪市）

1月8日 旧12月14日

松とれて大和の国の動き出す

松とる 新年 山﨑千枝子（やまざきちえこ）

門松や松飾りが取り払われ、町や家々から、正月らしい雰囲気が消えました。松の内の間の静けさ、ゆったりとなつかしく情緒豊かな大和の国も、日常へ戻り、忙しい現代の日本へと動き出します。

門松

最上川（山形県）

1月9日　旧12月15日

埋火や我かくれ家も雪の中

埋火　冬　与謝蕪村

蕪村は五十代半ばから京都で隠遁の生活を送りました。消えかけたように見えても芯は燃えている埋火のほのかな温もりを感じながら、ひとりひっそりと家にこもっています。しんしんと降り積もる雪に包まれた暖かな空間です。

1月10日　旧12月16日

十日戎所詮われらは食ひ倒れ

十日戎　新年　岡本圭岳

福の神、戎（恵比寿）様に商売繁盛を祈る十日戎。とくに関西で

十日戎（大阪市・今宮戎神社）

は「えべっさん」と親しまれ、大変な盛り上がりを見せます。食い倒れの町、大阪で生まれ育った圭岳の、賑やかな掛け声で活気づく祭りを詠んだ一句です。

1月11日　旧12月17日

新年会笑ひ上戸の下戸揃ふ

新年会　新年　青山悦子（あおやまえつこ）

今日は新年会。さあ飲もうと言いたいところですが、実はお酒を飲めない人ばかり。でも大丈夫、笑い上戸ばかりなので、酔わなくてもしっかり盛り上がります。食べて喋って笑ってみなで楽しみましょう。

1月12日　旧12月18日

湯ざめして顔の小さくなりにけり

湯ざめ　冬　雨宮（あめみや）きぬよ

寒い日、温かい湯船につかり、疲れを癒やします。湯上がりにぼうっとしていたら、せっかく温まった体がすっかり冷えて縮こまり、なんだか顔も小さくなってしまったようです。

1月13日　旧12月19日　成人の日

成人の日ぞ大雪もたのもしき

成人の日　新年　細川加賀（ほそかわかが）

成人の日の首都圏の大雪のニュースをよく目にします。今日も大雪になってしまいました。新しいスタートの日に大変だけれど、積もった雪をかきわけて歩く若者の姿は、たくましく、頼もしく感じました。

1月14日　旧12月20日

学問のさびしさに堪へ炭をつぐ

炭　冬　山口誓子（やまぐちせいし）

大正十三年、二十三歳の作。東京大学の法科の学生として、本郷の下宿で寒さをしのぎ火鉢に炭を継ぎ足しながら、孤独と淋しさに耐えて学問に励みます。誓子にとって法科の勉強は味気なく、わびしいものでした。

成人式（北海道）

1月15日 旧12月21日 小正月

左義長や行きかふ人に火の匂ひ

左義長　新年　細谷喨々

注連飾りや門松など新年の飾り物を燃やし、一年の無病息災を祈る左義長。「とんど」「どんど」ともいい、小正月の火祭の行事です。炎は空高く、勢いよく燃えあがり、行き交う人びとも火の匂いに包まれます。

1月16日 旧12月22日

マフラーをぐるぐる巻きにして無敵

マフラー　冬　近恵

おしゃれなど気にせずに、マフラーをぐるぐると巻いて厳しい寒さに立ち向かう、強い目をした少女の姿が思い浮かびます。これから先何があるかわからない、でも何があっても大丈夫です。自分の強さを信じられれば。

マフラー

1月17日 旧12月23日

寒暁や神の一撃もて明くる

寒暁　冬　和田悟朗

平成七年一月十七日午前五時四十六分、阪神・淡路大震災が発生しました。神戸で震災に遭遇し、自宅が全壊。化学者でもある作者の口を衝いて出たように、それはまさに凍りつくような夜明けの「神の一撃」でした。

1月18日 旧12月24日

百貨店めぐる着ぶくれ一家族

着ぶくれ　冬　草間時彦

お父さんもお母さんも子供たちも、みな真ん丸にもこもこと着ぶ

天香久山の夜明け（奈良県橿原市）

くれたまま、いくつもデパートをまわって買い物をする一家。ユーモラスな姿ですがみな楽しそう。日々の暮らしの、幸せなひとこまです。

1月19日 旧12月25日

つめたかりし蒲団に死にもせざりけり

蒲団　冬　村上鬼城（むらかみきじょう）

真冬、冷えきった蒲団に入るのはつらいけれど、死にもせず貧しさに耐えて暮らしています。耳が不自由な鬼城は、八男二女を抱えて生活に困窮しながら、弱い者へ温かなまなざしを向けた作品を詠み、境涯の俳人といわれました。

1月20日 旧12月26日　大寒

ああといひて吾を生みしか大寒に

大寒　冬　矢島渚男（やじまなぎさお）

今日は大寒、寒さがもっとも厳しい頃です。こんな時に自分を産んでくれたのだと、あらためてその日の母に思いを馳せます。大寒はこの日のこともいい、この日から立春の前日までの約十五日間もさしています。

1月21日 旧12月27日

寒雷やびりりびりりと真夜（まよ）の玻璃（はり）

寒雷　冬　加藤楸邨（かとうしゅうそん）

真夜中、寒の内の凍てついた大気のなか雷がとどろき、窓ガラスをびりびりと震わせます。それと呼応するように張り詰める心。切迫した思いを感じさせる昭和十三年、三十三歳の作。この句から「寒雷」が季語となりました。

寒雷（神奈川県）

1月22日 旧12月28日

コンビニのおでんが好きで星きれい

おでん　冬　神野紗希（こうのさき）

コンビニで大好きなおでんを買い、夜空に瞬く星を見上げながら帰ります。「コンビニのおでん」を好きと言い切り「星きれい」と続けた意外性。現代の若者の等身大の世界を口語俳句で表現し、さまざまな話題を呼んだ句です。

1月23日 旧12月29日

スケートの濡れ刃携へ人妻よ

スケート　冬　鷹羽狩行（たかはしゅぎょう）

「娘にはない矜持と官能美、自信と色気（濡れ）あるいは恐怖感（鋭い刃）さえも与えかねない人妻の魅力の表現を試みたつもり」

コンビニのおでん

スケート

と自解にあります。昭和三十三年、二十八歳の作。新婚の妻を詠んだ、代表作のひとつです。

1月24日 旧12月30日

湯たんぽにきのふの温度ありにけり

湯たんぽ　冬　松本(まつもと)てふこ

きのう熱い湯を入れた湯婆(ゆたんぽ)。お布団をかぶって寝ている間も温かく、朝目覚めると、ちょうど良い温かさが残っていました。体の内側に届くじんわりした温かさが、身も心もやさしく包みます。

1月25日 旧1月1日

鮟鱇(あんこう)もわが身の業も煮ゆるかな

鮟鱇　冬　久保田万太郎(くぼたまんたろう)

醜い鮟鱇と共に罪深い自分の悪業もぐつぐつと煮えているようで、業の深さにおののきます。愛人を

湯たんぽ

1月

作り妻は自殺、子供ができた愛人を棄て二度目の妻とも別居。最後の女性にも子供にも先立たれた孤独な晩年の句です。

1月26日 旧1月2日

蠟製のパスタ立ち昇りフォーク宙に凍つ

凍つ　冬　関（せき）悦史（えつし）

立ち上がる蠟製のパスタと、その先の凍りついたように宙に浮くフォーク。レストランの店先などで見慣れた日常の風景、食品サンプルに、不安定な現代を表すような超現実的なオブジェを見出しました。

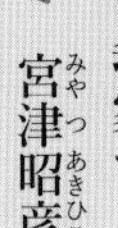

1月27日 旧1月3日

葱をよく買ふ妻のゐて我家なり

葱　冬　宮津（みやつ）昭彦（あきひこ）

句集『遠樹』（平成九年刊）所収の一句です。「黄泉路行く妻があはれや葱の畝」「妻亡きあといつまでも保（も）つ泥の葱」の句もあり、胸を打ちます。葱が大好きだった妻。その妻がいてこそ、我が家といえるのです。

1月28日 旧1月4日

目かくしの背後を冬の斧通る

冬　冬　寺山（てらやま）修司（しゅうじ）

目隠しをされた背後を、冷えて鈍い光を放つ斧が通ります。その

葱畑（岩手県）

「ワールドラグビー パシフィック・ネーションズカップ」（令和元年8月10日）

静かな凶暴性、まるで自ら動いてゆくような斧の存在感。何事もなくそれは去ってゆくのでしょうか。不穏な空気が漂う十代の作品です。

1月29日 旧1月5日

ラガー等のそのかちうたのみじかけれ

ラガー　冬　横山白虹（よこやまはくこう）

ノーサイドの笛と共に敵味方もなくなり健闘を称えあう選手たち。勝利したチームの、敗者を気遣う短い雄叫びの向こうに敗者の姿も見えてきます。青春の燃焼を描いた、昭和九年、大阪花園での全日本対豪州の試合での一句です。

1月30日 旧1月6日

老人のかたちになつて水洟かむ

水洟　冬　八田木枯（はったこがらし）

自分ではずっと変わらないつもりでいたけれど、いつの間にか洟をかむときに背中を丸くして、いかにも老人らしい姿になっているのに気づきました。八十代の句。老いを自覚した諦めと苦笑、悲哀のこもった作品です。

1月31日 旧1月7日

君寄らば音叉めく身よ冬の星

冬の星　冬　藺草慶子（いぐさけいこ）

音叉は楽器を調律するための金属製の棒、叩くといつも同じ音程の音がします。二人肩を並べて、澄んだ冬の夜空に輝く星々を見上げます。あなたの側にいると、私の体が音叉となって美しい音が静かに響き続けます。

冬の星

2月【如月（きさらぎ）・梅見月（うめみづき）】

節分（神奈川県鎌倉市・鶴岡八幡宮）

白梅（青森県平川市）

2月1日 旧1月8日

勇気こそ地の塩なれや梅真白

梅　春　中村草田男（なかむらくさたお）

昭和十九年、学徒出陣する教え子たちへ詠んだ一句です。「あなたがたは地の塩である」と聖書にあります。勇気こそが人をその人たらしめるもの。厳しい寒さの中で白梅が凛然と咲き誇ります。

2月2日 旧1月9日

九十の端（はした）を忘れ春を待つ

春を待つ　冬　阿部（あべ）みどり女（じょ）

いつのまにか九十歳を越えました。その後の齢など数えず明るい春を待ちましょう。残された時間への切実な願いと、前向きに生きて行こうとする生命の輝き。女性初の蛇笏賞を受賞した最後の句集『月下美人』の一句です。

2月3日 旧1月10日　節分

節分の豆をだまつてたべて居る

節分　冬　尾崎放哉（おざきほうさい）

今日は節分。本来なら家族で賑やかに豆撒きをするはずなのに、ひとりで黙って豆を食べています。しみじみと淋しさが身にしみます。大正十三年、兵庫県西須磨の須磨寺大師堂の堂守として暮らしていた時の作です。

節分（山形県酒田市）

2月4日　旧1月11日　立春

アンテナに銀色の春立ちにけり

春立つ　春　今井肖子（いまいしょうこ）

まだ寒いけれど、日差しは格段に明るくなってきた立春の日の朝。ふと窓の外を見ると、隣の家の屋根に立つアンテナに眩しい光がさしていました。その銀色の輝きに、春の訪れを感じました。

2月5日　旧1月12日

京菜（きょうな）洗ふ青さ冷たさ歌うたふ

京菜　春　加藤知世子（かとうちよこ）

京菜は水菜のこと。京都の伝統野菜のひとつです。鍋物や漬物などで使われ、京都、大阪のはりは

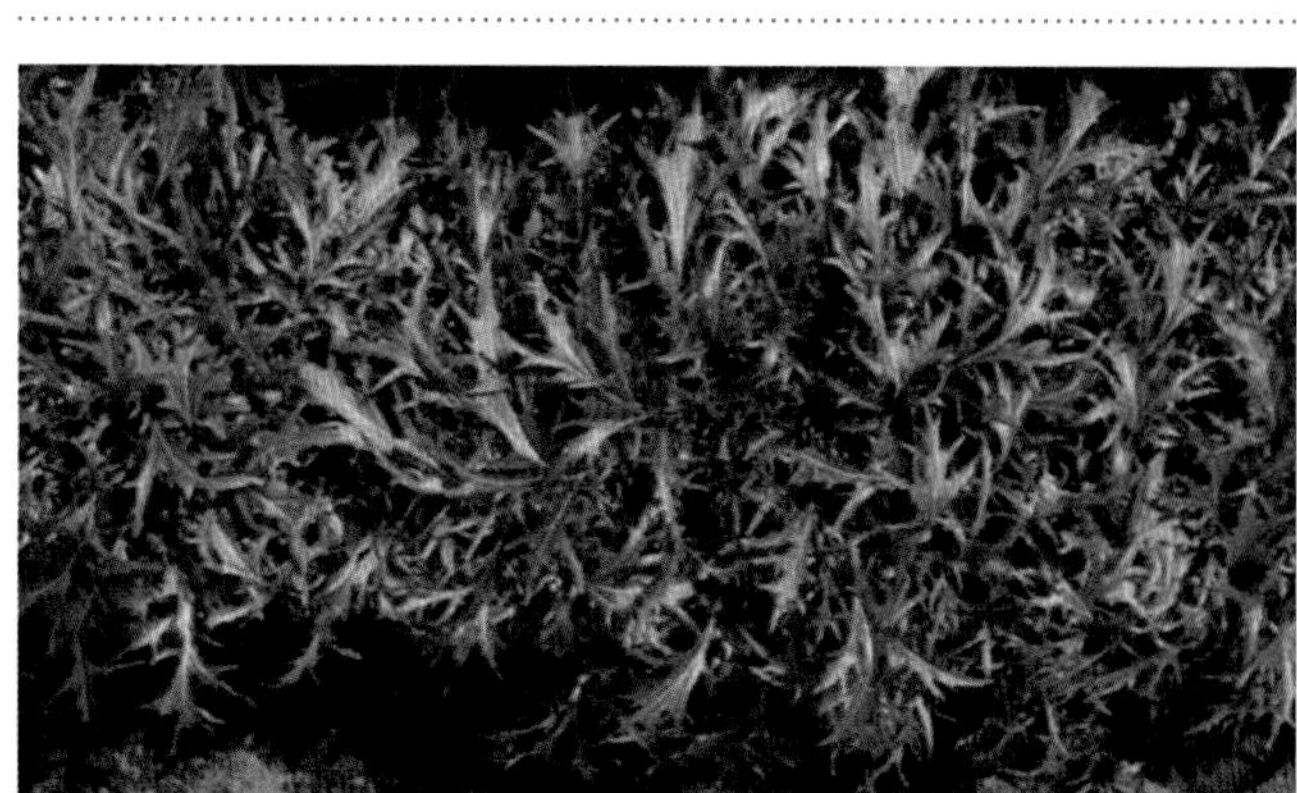

京菜

り鍋ではそのシャキシャキ感を楽しみます。まだ水も冷たく洗うのも一苦労、歌を歌って気分を盛り上げます。

2月6日　旧1月13日

子を抱けりちりめんざこをたべこぼし

ちりめんざこ　春　下村槐太（しもむらかいた）

幼い子供を膝の上に乗せて食事しています。子供が動き回るため、箸にとったちりめんじゃこをこぼしてしまいました。生涯にわたって不遇で清貧に甘んじた槐太。食べることを通して人生の寂寥感が伝わります。

2月7日　旧1月14日

一人づつきて千人の受験生

受験生　春　今瀬剛一（いませごういち）

受験シーズン真っ只中ですね。試験会場に集まったたくさんの受験生、努力を重ねてきたそのひとりひとりが、今日、それぞれの戦いに挑むのです。高校教師を長く務めた作者が、思いを込めてみつめます。

2月8日　旧1月15日

それ以来誰にも逢はず春浅し

春浅し　春　鈴木花蓑（すずきはなみの）

何があったのでしょうか。人との揉め事、悲しいできごと、いず

受験生（兵庫県西宮市）

初午大祭（京都市・伏見稲荷）

れにしても、もう誰にも逢いたくないと思ったのです。心に鬱屈する思いを秘めて、まだ寒いけれどわずかに春の気配が漂う、春の初めの日々を過ごしています。

2月9日 旧1月16日

初午の雪洞の絵の狐さま

初午　春　清崎敏郎

初午は、二月最初の午の日に全国の稲荷神社で行われる祭礼。もとは春の農事を行う前の豊作祈願のお祭りでした。ほのかな明りを灯す雪洞に、お稲荷さんの使いとして大切にされてきたお狐様が描かれています。

2月10日　旧1月17日

薄氷（うすごおり）そつくり持つて行く子かな

薄氷　春　千葉皓史（ちばこうし）

春になってうっすら張る氷を薄氷（うすごおり・うすらい）といいます。それを割ってそのまま持っていこうとする子供。美しいけれどすぐに壊れ、解けて消えてゆくはかない氷と、大人にはわかっているのですが。

2月11日　旧1月18日　建国記念の日

豆腐屋の笛もて建国の日の暮るる

建国の日　春　岡崎光魚（おかざきみつお）

夕暮れ、豆腐を売り歩く笛が聞こえてきます。建国記念の日、もとは神武天皇の即位の日と伝わる一日も、いつもと変わらず、何事もなく暮れていこうとしています。なつかしい昭和の風景です。

豆腐屋（東京都、昭和50年）

2月12日　旧1月19日

みほとけのほとり春愁去りがたな

春愁　春　伊丹三樹彦（いたみみきひこ）

静けさに秘めたやわらかな優しさと強さ。奈良・法隆寺の百済観音への深い思いを伝える一句です。戦時中、大阪の高槻工兵隊に所属していた三樹彦は休日外出のたびに大和古寺巡礼をし、仏像の句を詠み続けました。

2月13日 旧1月20日

ほんの少し家賃下りぬ蜆汁

蜆汁　春　渡辺水巴（わたなべすいは）

ほんの少し家賃が下がった小さな喜び、そのささやかさが庶民的な蜆汁と響き合います。日本画家・渡辺省亭（わたなべせいてい）の息子として東京・浅草に生まれた水巴、江戸趣味を湛えた繊細で耽美的な句で知られますが、このような生活感溢れる作品も残しています。

蜆汁（島根県松江市）

2月14日 旧1月21日

バレンタインデー心に鍵の穴ひとつ

バレンタインデー　春　上田日差子（うえだひざし）

今日はバレンタインデー。大人になっても、ふとみずみずしい気持ちが心に溢れます。そっと鍵を開けてくれるのを待っているやわらかな部分が、心の奥底に眠っているような気がしました。

2月15日 旧1月22日

涅槃図の皆泣いてゐてあたたかし

涅槃図　春　阿部月山子（あべがっさんし）

涅槃図は釈迦の入滅（にゅうめつ）（死）の情景を表した図。沙羅双樹の下に横たわる釈迦の周りに、菩薩や弟子、禽獣虫魚が悲嘆にくれるさまが描かれています。悲しみの場面でありながら、その思いが優しくあたたかく感じられます。

涅槃図（松山市・浄明院）

2月16日 旧1月23日

鎌倉を驚かしたる余寒あり

余寒　春　高浜虚子（たかはまきょし）

暖かくなったと思ったら、不意にまた寒さが襲ってきました。余寒は立春以後の寒さ。温暖でこじんまりとした地形やその歴史を想像させる「鎌倉」という地名が要となった、虚子の代表作のひとつです。大正三年作。

2月17日 旧1月24日

街の雨鶯餅がもう出たか

鶯餅　春　富安風生（とみやすふうせい）

青黄粉をまぶした黄緑の美しい鶯餅は、春の訪れを感じさせる和菓子。しとしとと雨が降る街の店先に鶯餅をみつけて、心が弾みます。思わず口をついて出たようなさりげない呟きが、心に残る一句となりました。

2月18日 旧1月25日

立ち食ひの湯気の重なる二月かな

二月　春　小野（おの）あらた

まだ寒さの残る二月、安い立ち食いの店でふうふう冷ましながらひとり麺を啜ります。「湯気の重なる」から、狭い店の中で、腕もぶつかりそうなこのひとときだけ共に過ごす人たちの姿が見えてきます。

立ち食いの蕎麦・うどん（東京都中野区）

2月19日 旧1月26日 雨水

物置けばすぐ影添ひて冴返る

冴返る 春 大野林火

「冴返る」は暖かくなったと思ったら急にまた寒さがぶり返すこと。自註に「ライターでも万年筆でも」「些細なものにも些細な影がぴたりと添うところに『冴返る』意を汲みとった句である」とある一句です。

2月20日 旧1月27日

合格子小さな息を吐きにけり

合格子 春 阪田昭風

合格です。つらい日々を乗り越えようやく巡ってきた春。嬉しさ

合格発表（東京都）

を爆発させるのではなく、その瞬間そっと吐いた小さな息から、心からの安堵と喜びが伝わってきました。これからじわじわと喜びを実感していくのでしょうね。

2月21日 旧1月28日

朧夜の鍵穴に鍵をさまりぬ

朧夜　春　鎌倉佐弓

何もかもぼんやりとかすんだような朧夜。ものの輪郭もやわらかく優しげです。どこか物憂い気分に包まれた時、鍵穴にかちっとぴったりおさまった鍵が心地よく感じられました。

2月22日 旧1月29日 小雪

七人の敵の一人は花粉症

花粉症　春　伊藤白潮

この時期、悩ましい花粉症。男が社会に出て闘う七人の敵のなかにも、花粉症に苦しむ人がいるようですね。もはや日本人の国民病とも言われ、ある調査では三割以上の人が花粉症と自覚しているそうです。

2月23日 旧1月30日 天皇誕生日

春一番はたりと止みて夕方に

春一番　春　岩田由美

春一番は、立春のあと最初に吹く、暖かい南寄りの強い風です。

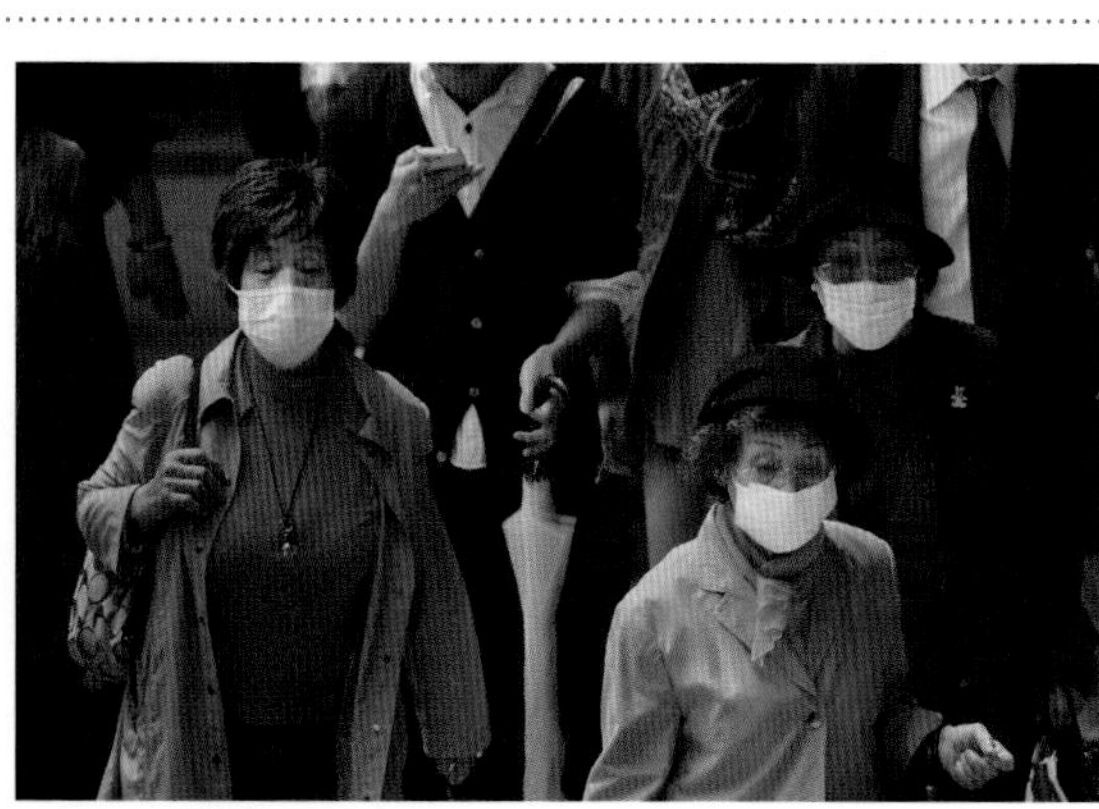

花粉症の季節（大阪市）

麦踏（高知県四万十町）

大きく吹き荒れる南風にあおられ服も髪も乱れて、歩くのも大変。ずっと悩まされ、突然止んだ、と思ったらいつのまにかもう夕方になっていました。

2月24日 旧2月1日

歩み来し人麦踏をはじめけり

麦踏　春　高野素十（たかのすじゅう）

向こうから畦道を歩いて来た人が麦畑に入り、そのまま麦踏を始めました。途端、今までと違う歩調で丹念に黙々と踏み始めた、その一瞬の転換に驚きを覚えたのです。

2月25日 旧2月2日

古き世の火の色うごく野焼かな

野焼　春　飯田蛇笏（いいだだこつ）

野の枯れ草などを焼き払う野焼は古代の焼畑農業の名残で、病害虫駆除や土地を肥やすため行われてきました。燃えあがる火に、遠い昔の火の色を感じます。現在は農業などでやむを得ない場合以外、法律で禁止されています。

2月26日 旧2月3日

一九三六（ひどくさむい）と覚えしこの日二・二六

さむい　冬　奈良文夫（ならふみお）

二・二六事件が起こった一九三六年（昭和十一年）を語呂合わせで「ひどくさむい」と覚えました。それは自分の生まれた年でもあります。その日の厳しい寒さとともに、時代が戦争へと突き進んでゆ

二・二六事件で投降を呼びかけるアドバルーン（昭和11年）

く寒さを捉えた一句です。

2月27日 旧2月4日

目刺し焼くここ東京のド真中

目刺し　春　鈴木真砂女（すずきまさじょ）

目刺し

高級料理店の並ぶ東京、銀座の路地裏にある小料理屋「卯波」で、目刺しを焼いています。一見似合わないようですが、目刺しは江戸時代から庶民の味の代表。本来はまさに東京の「真ん中」の味かもしれませんね。

2月28日 旧2月5日

我山（わがやま）に我れ木（こ）の実植う他（た）を知らず

木の実植う　春　西山泊雲（にしやまはくうん）

自分の山にただひたすら木の実を植え木を育てる、それだけが私の仕事、私の人生です。長男として家業の酒造業を継ぐべき宿命と自由への思いのギャップに苦しみながら、自らのするべきことに全力で取り組んできました。

2月29日 旧2月6日

二月尽何か大きな忘れもの

二月尽　春　下村（しもむら）ひろし

今日は二月最後の一日。寒さからようやく解放され、いよいよ本

野焼（高知県四万十市）

格的な春がやってきます。期待に胸をふくらませながら、同時に、短いこの月、何かするべきことをし残してしまったのではないかと不安にかられるのです。

春の山

3月 【弥生・花見月】

雛祭（岐阜県・高山市文化伝承館）

3月1日 旧2月7日

外にも出よ触るるばかりに春の月

春の月　春　中村汀女

ふと夜空を見上げて、今にも手が届きそうなほど間近に見える、大きく美しい春の月に驚き、思わず家のなかの人に呼びかけます。心の弾みがいきいきとえがかれ、幸福感が伝わってきます。昭和二十一年、終戦の翌年の作です。

3月2日 旧2月8日

剪定の一枝がとんできて弾む

剪定　春　髙田正子

足元に剪定の枝が落ちてきました。飛んで来た枝が弾む瞬間が見えてくるような、春らしい軽快な一句です。見上げると、木の上では植木屋さんが作業しています。

ぱちん、と剪定の鋏の音も聞こえてくるようです。

林檎の剪定（秋田県横手市）

3月3日　旧2月9日　雛祭

ややありて流れはじめし雛かな

雛　春　黛（まゆずみ）まどか

今日は雛祭り。各地で雛流しが行われます。紙の人形に穢れを託して川や海に流し、雛祭りの元になった行事です。その場で静かに揺らめき、ゆっくり流れていく流し雛。それをみつめ続ける作者の思いも想像させます。

3月4日　旧2月10日

ちぎれとぶ声を交して若布（め）刈舟（かりぶね）

若布刈舟　春　石井（いしい）いさお

若布刈舟は若布（わかめ）をとるための小舟。箱眼鏡で水中を覗き、長い竿の先につけた鎌で刈り取ります。養殖では、養殖縄を引き揚げ巻きついた若布を刈り取ります。まだ冷たい海風に立ち向かうように、仲間たちと力強く取り組みます。

3月5日　旧2月11日　啓蟄

啓蟄（けいちつ）や指輪廻せば魔女のごと

啓蟄　春　鍵和田秞子（かぎわだゆうこ）

啓蟄は、虫たちが春の訪れを感じ、冬眠から覚めて地上に出てくる頃。「啓蟄という季語は好きだ。本当に春になった感じで心がはずむ。魔女に変身し指輪を廻せば、ぞろぞろと虫が出そうである」と自解にあります。

3月6日　旧2月12日

初蝶やわが三十の袖袂（たもと）

初蝶　春　石田波郷（いしだはきょう）

昭和十七年の作。波郷はこの年「馬酔木」を辞め、主宰してい

黄蝶（大阪府箕面市）

た「鶴」に専念。結婚しましたが定職につかず、俳句に生涯をかける決意をします。青春から壮年へ、新しい一歩を踏み出す晴れ晴れとした思いが伝わります。

3月7日 旧2月13日

トランペットの一音♯(シャープ)して芽吹く

芽吹く　春　浦川聡子(うらかわさとこ)

芽吹きの時期。トランペットの力強い音が明るい春の青空に吸い込まれていきます。♯(シャープ)の半音上がった音に、生まれ出た生命の放つ輝きを感じます。感受性豊かな、みずみずしい一句です。

トランペット

3月8日　旧2月14日

ものの種にぎればいのちひしめける

ものの種　春　日野草城

ものの種（物種）は草花や穀類などあらゆるものの種をさします。種を握りしめたとき、掌の中にそれぞれの種の存在を強く感じました。やがて芽が出て成長し豊かに実ってゆく、ひとつひとつの生命の源を感じとったのです。

3月9日　旧2月15日

東風吹くや耳現るるうなゐ髪

東風　春　杉田久女

「うなゐ髪」は髪をうなじのあたりで切り垂らした幼い女の子の髪

おかっぱの少女（福岡県・筑豊、昭和35年頃）

型。まだやや冷たいけれど春の訪れを予感させる東風が、女の子の髪をさらさらと揺らし、愛らしい耳が現れます。希望を感じさせる明るい情景です。

3月10日 旧2月16日

若かりし叔父叔母三月十日の忌

三月十日　春　染谷佳之子（そめやかのこ）

昭和二十年三月十日の東京大空襲では、軍事施設ではなく市街地への無差別爆撃により、九万五千人以上が亡くなりました。若くして亡くなった叔父と叔母への思いは、いつまでも消えることはありません。

3月11日 旧2月17日

春昼の冷蔵庫より黒き汁

春昼　春　照井翠（てるいみどり）

平成二十三年、作者は岩手県釜石で東日本大震災に遭遇、極限状況の中で俳句を詠み続けました。穏やかな春の昼、冷蔵庫から流れ続ける黒い汁。たんたんと写生しながら凄みと怖ろしさを感じさせます。句集『龍宮』所収。

3月12日 旧2月18日

修二会（しゅにえ）僧女人のわれの前通る

修二会　春　橋本多佳子（はしもとたかこ）

三月一日から十四日まで奈良東大寺二月堂で修二会が行われています。特に十二日深夜のお水取は壮観です。行（ぎょう）の場所には女人禁制の所も多く、行を務める僧、練行衆（れんぎょうしゅう）が作者の前を通っていく、それだけで艶やかな気が漂います。

3月13日 旧2月19日

狡（ず）る休みせし吾をげんげ田に許す

げんげ田　春　津田清子（つだきよこ）

昔なつかしいげんげ田の風景。田にすき込んで肥料にする紫雲英（げんげ）（蓮華草（れんげそう）、れんげ）が一面に咲き、紅紫の色の絨毯を敷き詰めたような美しい風景が、心を優しく癒やし、明日への力を与えてくれました。昭和二十六年、三十歳の作。

れんげ畑（長野県大町市）

薺の花

3月14日　旧2月20日

よく見れば薺花咲く垣根かな

薺の花　春　松尾芭蕉

いつもは気にとめていなかったけれど、ふと垣根に薺の花が咲いているのに気づきました。ぺんぺん草ともいい、道端や空き地などでみかける薺。目立たずひっそりと、自らの命を精一杯咲かせる小さな存在を愛おしく思います。

3月15日　旧2月21日

まだ色を見せざる海や春ショール

春ショール　春　日下野由季

春がやってきた喜びに心弾んで、優しい色合いの春ショールを身にまとってきましたが、海がやわらかな春の色を見せてくれるのはもう少し先のようです。俳人協会新人賞受賞の第二句集『馥郁』（平成三十年）所収。

3月16日　旧2月22日

もう一度妻に恋せん桜餅

桜餅　春　長谷川櫂

桜の季節が近づくと、店に桜餅が登場します。桜の葉が香るやさしい薄桃色の餅のほんのり上品な甘さ。昔から愛され、毎年新鮮な喜びを与えてくれる和菓子です。心弾み、妻への思いを高らかに詠いあげます。

3月17日　旧2月23日　彼岸入り

毎年よ彼岸の入に寒いのは

入り彼岸　春　正岡子規

「母の詞自ら句となりて」の前書きがあります。母の言葉が五七五

桜餅

になっているのを面白がって書き留めたのです。明治二十六年、二十六歳の作。「暑さ寒さも彼岸まで」といい、これから本格的な春がやってきます。

3月18日 旧2月24日

ロールケーキ切ればのの字やうららなる

うらら　春　相子智恵（あいこちえ）

ロールケーキを切ると、断面はきれいなのの字になっています。ふわふわでいかにもおいしそうです。「の」という音の響きもやわらかく、のどかで楽しい気分になる一句です。

3月19日 旧2月25日

似たれども吾の窖なき遍路かな

遍路　春　能村登四郎（のむらとしろう）

自分を見つめ直すため、生きる勇気を得るため、四国八十八ヶ所

ロールケーキ（新潟市）

の霊場を巡って歩き続ける遍路。驚くほど自分に似たお遍路さんをみかけ、一瞬、違う人生を送るもうひとりの自分か、と不思議な思いにとらわれます。

3月20日 旧2月26日　春分の日

見上げゐる春分の日の時刻表

春分の日　春　井上康明（いのうえやすあき）

遍路（高知県土佐市）

今日は春分の日。お彼岸の中日にあたります。ようやく春の陽気が感じられるようになりました。のどかな一日、やわらいだ空気に誘われるように家を出て、ゆったりと駅の時刻表を見上げています。

3月21日 旧2月27日

不可能を辞書に加へて卒業す

卒業　春　佐藤郁良（さとういくら）

大人になるということは、できないことをひとつひとつ知っていくことかもしれません。でもそれが成長です。挫折を繰り返し自分の道をみつけてゆくのです。新たな道を踏み出す教え子たちへ、愛のこもったメッセージです。

3月22日 旧2月28日

たんぽぽの道の長きを帰りけり

たんぽぽ　春　茅根知子（ちのねともこ）

たんぽぽ（三重県鈴鹿市）

子供の頃、野はどこまでも広く、道は遠く感じられました。一面にたんぽぽが咲く野の真ん中の帰り道。たんぽぽに包まれたこの時間をゆっくりと味わい、慈しみ、いろいろなことを思い出しながら、歩き続けます。

3月23日 旧2月29日

ままごとの飯もおさいも土筆かな

土筆 春 星野立子（ほしのたつこ）

土筆の穂をご飯に、茎をおかずにして、子供がままごとをしています。大正十五年、二十三歳の時に、父高浜虚子の勧めで初めて作った句。「自然の姿をやはらかい心持で受け取ったままに諷詠する」と虚子が高く評価した立子の才能が感じられます。

土筆（茨城県水戸市）

3月24日 旧3月1日

永き日や欠伸うつして別れ行く

永き日　春　夏目漱石（なつめそうせき）

明治二十九年、漱石二十九歳。松山を離れて熊本へ行くとき、虚子へ送った句と言われます。のどかな春の日に欠伸をしあって別れるという、気のおけない友とののんびりとした情景のうらに、寂しさがほのみえます。

蓬（三重県松坂市）

3月25日 旧3月2日

老人といふ生きものや干鱈（ひだら）裂く

干鱈　春　亀田虎童子（かめだこどうし）

もう固いものが噛めないのに、なんとか食べようと必死に干鱈をむしっています。そろそろ卒寿、もう立派な老人です。老いても生に執着する、我ながら、これが老人という生きものなのか。どこかとぼけた味わいの一句です。

3月26日 旧3月3日

日暮れまで摘みし蓬のこれつぽち

蓬摘む　春　中村苑子（なかむらそのこ）

ずっと摘み続けたのに、一日の終わりになってたったこれだけとは。平成六年、八十一歳の時の句集『吟遊』所収の句です。あの世とこの世を行き来するように死を強く意識した苑子。自身の人生への思いもあるのでしょうか。

3月27日 旧3月4日

家にゐてガム噛んでゐる春休み

春休み　春　野口る理（のぐちりり）

夏休みや冬休みに比べ、あまりすることもない春休み。だからといって遊びに行くこともなく、何かに熱中するわけでもなく、ガムを噛んで家でだらだら過ごしています。いかにも春休みらしい力の抜け具合が楽しい一句です。

3月28日 旧3月5日

妻亡くて道に出てをり春の暮

春の暮　春　森(もり)澄雄(すみお)

春の道

自分を支え続けてくれた妻を突然亡くした悲しみが癒えることはありません。今日も夕方になると道に出て立ち尽くし、妻の姿を追い求めてしまうのです。春の暮のやわらかな空気が静かな悲しみを誘います。

3月29日 旧3月6日

うれしさの啄むやうに花菜漬

花菜漬　春　川崎展宏(かわさきてんこう)

花菜漬は菜の花の蕾や葉、茎を塩漬けにしたもので、菜の花漬の名で親しまれています。菜の花の鮮やかな黄色、ほろ苦さが春の香りを漂わせます。ひしめく蕾のひとつひとつを小鳥が啄むように食べる、嬉しいひとときです。

3月30日 旧3月7日

投函のたびにポストへ光入る

無季　山口優夢(やまぐちゆうむ)

ポストの中は暗闇。人が手紙を

郵便ポスト

3月

投函するたびに、光がさしこみます。当たり前ですがふつうは気づかない発見が新鮮な句を生みました。自分がポストの暗闇にいて降りそそぐ光を待っているような思いにも誘われます。

3月31日　旧3月8日

チチポポと鼓打たうよ花月夜　松本たかし

花月夜　春

月明かりのなか浮かび上がる満開の桜の美しさ。「チチポポ」という擬音も秀逸で、現実を離れた雅やかで幽艶な世界へ誘われます。能役者の名家に生まれながら、病弱のため能の道を断念したたかしの思いが伝わります。

夜桜（東京都調布市・野川）

エッセイ

新しい暮らしの風景

神野紗希

俳人の宇多喜代子さんに「忙しいようだけど、家事はどうしてるの」と聞かれたので、「お掃除ロボットや食器洗浄機のおかげで、ずいぶん楽ですよ」と答えると、「へえ～、電気がなくなったら、どうやって生活するんかね」と心配されたのだった。「家電のない暮らしは想像できないです」と答えると、「あんた、昔はそれが当たり前だったからね」と宇多さん。たしかに、歳時記をひらくと、洗濯機も電子レンジもなかったころの暮らしのあれこれが、今でも季語として現役だ。昭和十年生まれの宇多さんと五十八年生まれの私。半世紀の間に、戦後の高度経済成長期を経た日本の暮らしは大きく変化した。

たとえば、〈学問のさびしさに堪へ炭をつぐ　山口誓子〉の季語は「炭（冬）」だ。火鉢にあたりながら勉学に励む学生の孤独を描いた句だが、私が物心ついたときには家の中にもう火鉢はなく、炭もバーベキューで見たのがはじめてである。

では、火鉢の炭を扱った体験がなければ、この句が理解できないのだろうか。歳時記をめくり、「炭をつぐ」のページを読む。その解説を踏まえ、「私の受験勉強のときには、小さなハロゲンヒーターをそばに置いて、寒さをしのいでいたなあ」などと想像を広げることはできる。もちろん、炭をつぐ感覚や感情を十全に再現できはしないけれど、過去に詠まれた俳句や歳時記の解説を足掛かりに、誓子の孤独になるだけ心を寄せてみる。

高校時代に出会った俳句を二十年ほど続けてきて感じるのは、俳句がなければ知らないままで過ごしていただろう暮らしの風景にずいぶん詳しくなったということだ。句会で世代の違う仲間と作品を持ち寄ると、十七音を介して他者の記憶が懐かしく流れ込んでくる。雪解けのころに富山の薬売りが来て紙風船を置いてゆくこと、端午の節句に母と粽を結うたこと、田植えの休憩時間に家族で握り飯を食べたこと、秋も終わりの冷たい川辺で障子の桟をごしごし洗ったこと。そこには、私の知らないはずの暮らしがあり、それでも知っていると思える感情がある。

そして、今の生活スタイルもまた、普遍のものではない。残業帰りにコンビニで買うビール、ハロウィーンでにぎわう渋谷の街、風邪をひいておでこに貼る熱さましのシート。私たちの今の暮らしの風景も、行き過ぎてゆく時代のひとコマに過ぎない。有限である地球の資源を分け合うために、どういう暮らしが望ましいのか。そんなグローバルな視点も必要になってくるだろう。

変わりゆく時代の中で、変わらないものを見つけること。「暮らし」というテーマで編まれた俳句たちを今あらためて読み直す理由は、そんなところにあるのではないだろうか。

そういえば私の実家には掘り炬燵があって、幼いころはよく弟とふたり潜って遊んだものだった。そんな記憶から今も東京の自宅のリビングに炬燵を据えているのだが、同世代にとってすでに炬燵は珍しいらしく、友人が家族連れで遊びに来ると、子どもたちが目を輝かせて「炬燵だぁ！」と潜りこんでくる。炬燵に足を突っ込んでゲームをする子たちを見ていると、今だって暮らしの季語は必要とされれば輝き得るのだ、と実感する。

そこで、めまぐるしい現代においても暮らしの中に取り入れられそうな季語のあれこれを、月別に紹介してみたい。季節の変化を意識すれば生活にもメリハリが生まれるし、実践した行事は私たちのこれからを支える新たな記憶にもなる。すべて網羅する必要はないから、これならできそうかも、と思えるものを選んで試してほしい。受け継がれ手渡されてきた暮らしの歳時記を活用してみよう。眼前の暮らしを、楽しみ、愛おしむために。

1月

注連飾り

歳時記も、春夏秋冬とは別に「新年」の区分を設けるほど、かつての暮らしに正月のあれこれは大きな存在だった。祖父は蜜柑農家で、私の幼いころは米も作っていたから、年末になると収穫した藁で注連飾りを綯（な）っていた。正月用のお飾りや門松を自作するのはなかなか難しいけれど、既製品でじゅうぶん。今は洋風の家にも合うおしゃれな注連飾りも見かける。玄関の扉に飾ると、お正月がまっすぐここへ来てくれそうな気がしてくる。

七草粥

〈せり・なずな・ごぎょう・はこべら・ほとけのざ・すずな・すずしろ　春の七草〉。この七草を一月七日にお粥にしていただくのが「七草粥」だ。今年も元気で過ごせますように。無病息災を願い、正月のご馳走に疲れた胃を休める。最近はスーパーにも七草セットが並ぶし、手に入りやすいすずな（蕪）やすずしろ（大根）だけでもいい。炊飯器のおかゆモードでお出汁と塩を加えて炊き、刻んだ七草を入れて十分ほど蒸らせば出来上がり。梅干やじゃこを足してもおいしい。

2月

節分

季節の変わり目である節分（立春前日、二月三日ごろ）には、忍び寄る邪気を退けるため、炒り豆を撒き、焼いた鰯の頭を飾る。「鬼は外、福は内」。豆撒きは子どもたちにも人気の行事だ。〈節分やよむたびちがふ豆の数　正岡子規〉、一年の幸せを祈り、年齢の数だけ豆を食べる風習も。我が家では、余った豆はそのままトマト缶のスープで煮込んでミネストローネにする。年の数とまではいかずとも、たくさん食べられるのでおすすめ。

鶯餅

春は和菓子がにぎやかだ。春を告げる鶯になぞらえ、あんこを包んだ求肥にうぐいす色の黄な粉をまぶしたのが「鶯餅」。蓬の柔らかい新芽を餅に搗き込むのが「草餅／蓬餅」。桜の時期には「桜餅」も出回るし、道明寺粉のお餅を二枚の椿の葉っぱで挟んだ「椿餅」は、源氏物語にも登場する歴史あるお菓子だ。練切にも、折々の季節の花がかたどられて鮮やか。近所の和菓子店を覗いて、甘い春を連れ帰ってみてはいかが。

3月

雛祭

三月三日の桃の節句に、女の子のすこやかな成長を祈る行事だ。桃は不老長寿の象徴で、邪気を払うと考えられていた。緋毛氈に雛人形を飾り、白酒やあられをお供えすると、雛飾りの出来上がり。三人官女や五人囃子、人形がずらりと揃う雛段はやはり華やかだが、昨今の日本の住宅事情に合わせ、手のひらサイズのお雛さまもある。夕食のお味噌汁を今日は蛤のお吸いものにして、食卓に桃の花を一枝挿すだけでも、ほのぼのと嬉しい。

野遊

草々の萌え出る春、人々は、野山に出て遊ぶ「野遊」や、蓬や土筆などを摘む「摘草」を楽しみにしていた。中国では、旧暦三月三日に野辺の若草の上で宴をひらく「踏青(とうせい)」という行事もあったそう。他にも、梅見や花見、磯遊や潮干狩など、春を味わうお出かけの季語は多い。少し大きな公園に、おにぎりやパンを持って出かけてみよう。あたたかい風に吹かれて、たんぽぽやすみれにしゃがんで。春をたっぷり感じる時間も、きっと大切。

4月

花見

桜の季節が来ると、街のそこここにうすもいろの花びらが揺れ、道ゆく人が写真を撮る。近年はコロナ禍で控える向きもあるが、桜の下で飲食をして楽しむ花見は、春を代表する行楽だ。かつては桜を見にゆくために、「花衣」＝新しい晴着を仕立てた。和服に限らず、新しく買ったワンピースをお花見の日におろすのも、現代の花衣といっていい。忙しい日々の中でも、ふと桜に立ち止まるひとときが、心をゆたかに耕してくれる。

田楽

豆腐を平串に刺し、焼いて木の芽味噌をつけた料理だ。山椒の若葉をすり潰して砂糖や白味噌をまぜた木の芽味噌は、春の香りをあおあおと放つ。豆腐は日本の暮らしに欠かせない食材で、歳時記にも、季節ごとに豆腐の季語が立項されている。春は香ばしい田楽。夏は薬味をかけて冷奴。秋は採れたばかりの大豆で作る新豆腐。冬は体をあたためてくれる湯豆腐。日常の食材にも、季節の顔があるのだ。

5月

端午

五月五日の男の子の節句。かつての武家社会の行事の名残りで、男の子の成長と活躍を願い、武者人形を飾ったり幟を立てたりする。中でも鯉幟は、今も現役。核家族化も進み、個人の家では必ずしも立てなくなったが、地元の協力などを得て観光名所にずらりと並ぶ鯉幟は圧巻だ。この日は、米粉の練ったのを笹の葉で包んで蒸した「粽」を食べたり、「菖蒲湯」に入ったりもする。スーパーで買った菖蒲を湯舟に浮かべると、どこか清々しい香りが浴室に満ちる。リラックス効果もあり、血行促進も期待できるのだとか。

新茶

立春から数えて八十八日目が「八十八夜」、稲の種蒔きや茶摘みを始める目安とされてきた。『茶摘み』の歌に「夏も近づく八十八夜」とあるように、この日摘んだ茶葉は特別だ。みずみずしい新芽で作ったお茶を「新茶」と呼ぶ。ふだんはペットボトル飲料で済ませる私も、新茶ばかりは、気に入りの南部鉄器を出してきて、ちょっと丁寧に淹れて喫む。

6月

更衣

季節の変化に合わせて衣類を入れ替えることを「更衣」といい、俳句では、特に夏服にするタイミングが季語に採用されている。白シャツやレース、浴衣や甚平、麦藁帽子やハンカチなど、夏の暑さを涼しく過ごすための衣服も季語だ。〈更衣よき木よき葉をひろげけり　田中裕明〉、更衣は少し面倒な作業だが、済ませて外に目をやれば、木も気持ちよく葉を茂らせている。人間も、半袖の腕をぐんと伸ばして、夏を生きよう。

夏越の祓

「夏越の祓」は、旧暦の六月末日「夏越」の日に、半年間の穢れを祓って残り半年を息災に過ごすための行事だ。今では神社によって、六月三十日、あるいは七月三十一日に行われ、茅で編んだ大きな輪をくぐったり、形代に穢れを託して川へ流したりする。出先でふと、ああ今日は夏越だと思ったら、近くの神社にふらりと寄ってみる。たいてい茅の輪があるので、くぐって、また日常へ戻る。夏越は、生きている日々の小さな峠なのだ。

7月

七夕

七夕は本来は旧暦の七月七日なので、新暦だと八月のお盆前後（初秋）の行事だったが、現在は新暦の七月七日に行われることが多く、夏の印象が強い。もとは詩歌や裁縫、書道などの芸事の上達を願う日で、今ではより自由に、短冊に思い思いの願い事を書いて笹飾りに吊るす。親しい間柄でも、ふだんから願い事を語り合う場面は少ない。笹飾りを用意し、家族の思いを再確認するのも、よい機会となるだろう。

暑気払い

暑さにやられないよう、夏はさまざまに対処が必要だ。それが「暑気払い」、要は夏バテ予防である。飲み会のお誘いも「暑気払いしましょう」というと粋に響く。また、夏の食に欠かせないのは、食欲増進と栄養補給だ。冷素麺や冷し中華、ゼリーや白玉といった冷たい食べ物は、食欲のないときにも食べやすい。甘酒も実は夏の季語。「飲む点滴」と言われるほど栄養豊富で、かつては暑気払いによく飲まれた。夏バテ対策に甘酒、ぜひどうぞ。

8月

花火

夏の風物詩である花火は、もともとはお盆の行事で、慰霊や疫病退散が目的だったという。〈大花火何と言つてもこの世佳し　桂信子〉は、夜空を大きく彩る打ち上げ花火だ。闇があの世の沈黙を思わせるからこそ、一瞬の花火の光が「この世佳し」の感慨を引き出す。また、家族や友人と楽しむ庭花火もよい。にぎやかな鼠花火、静かな線香花火。小さな灯火が互いの顔を照らすとき、何か特別な時間を分け合っている感覚が生まれる。

扇風機

日本の夏は蒸し暑いので、涼しさを得る工夫が暮らしの中にたくさん生きている。各家庭に鎮座する冷蔵庫も、夏の季語。かつては電気を使わず、氷を入れて冷やしていたそう。風鈴は、軽やかな音色で耳を涼しくしてくれるもの。扇風機は60年代以降に普及した家電で、今では昭和の懐かしさを色濃くまとう。昨夏、羽のない扇風機を買ったが、安全で掃除も簡単で驚いた。時代とともに工夫は進む。俳句もともに進みたい。

9月

重陽

旧暦九月九日は重陽の節句、菊の節句と呼ばれ、かつては盛んに行われた。不老長寿の願いを込め、菊の花びらを蒸して冷酒に漬けた「菊酒」を飲んだり、花びらを詰めた枕で眠る「菊枕」を作ったりする。要は、菊はエディブルフラワーであり、ポプリでもあるということ。食用菊を使った料理（菊膾、お浸しなど）を食べるもよし、部屋に菊の花を飾ってみるもよし。秋を代表する菊の花を、この機会に楽しんでみよう。

十五夜

旧暦八月十五日の月は一年でもっとも美しいとされ、「仲秋の名月」として愛でられてきた。春が花見なら、秋は月見。芒を挿して、お団子や里芋をお供えして、杯を傾けたりもしながら、まだかまだかと月を待つ。名月の夜だから晴れるとは限らない。それでも人々は、雲に隠れれば「無月」と呼び、雨が降れば「雨月」と呼んで、不在の月を思った。忙しい日々の中、ひととき遥かへ思いを寄せる。そんな夜があってもいい。

10月

十三夜

実は、日本の月見は十五夜だけではない。それからひと月ほど後、旧暦九月十三日の夜の月を「後（のち）の月」と呼び、枝豆や栗などを供えて祀る。秋も深まり、夜風も冷たくなるころの月は、どこか凄みをまとって輝く。月見といっても、身構えることはない。枝豆をさっと茹でてもいいし、栗ご飯を炊いてもいいし、モンブランを買って帰ってもいい。帰り道に、あるいはベランダで夜空を仰いだら、それはもう立派な月見だ。

ハロウィン

近年、一気に存在感を増してきたのがハロウィンである。まだ載っていない歳時記も多いが、収穫祭としての側面から、稔りの季節である秋のサイクルにも組み込みやすい。仮装して夜を楽しむのが一般的で、子どもや若者が中心だ。我が家も息子が仮装をしたり、友人とお菓子交換をしたりと賑やかに過ごしている。新しい暮らしの風景もまた、積極的に楽しみたい。文化とは、今を生きる私たちが創造し、次世代に手渡すものなのだから。

11月

七五三

子どものすこやかな成長を願う行事で、数えで男の子は三歳と五歳、女の子は三歳と七歳の節目に行う。十一月十五日前後になると、袴や振袖を着て神社へお参りに出かける子どもたちを見かけ、なんとも微笑ましい。もし身近に七五三を迎える子がいるなら、家族で写真を撮るのもよいだろう。年を重ねると、あらためて写真を撮る機会も少ない。子どもの成長を喜び、家族の今を形に残しておくのも、よき思い出となるはずだ。

薬喰

厳しい寒さを生き抜く体力をつけるため、滋養となる肉を食べるのが「薬喰」だ。かつて日本では、殺生を忌む仏教の影響もあり、肉食を避ける風習があった。とはいえやはり、獣肉にはスタミナがたっぷり。だから肉を「薬」と呼び替え、薬として食べましょう、という建前で肉食を許容していたのだ。物は言いよう、である。今風の言葉なら「ジビエ」もまた薬喰。鹿や猪、野生のたくましい命をいただいて、人間も冬を乗り切る。

12月

煤払

年末の暮らしには、新年を迎える準備が目白押しだ。その中で、家の埃や煤を払うのが「煤払」、要は大掃除である。払われた煤や埃を避けることを「煤逃」ともいう。〈先生や屋根に書を読む煤払　夏目漱石〉も煤逃だ。大掃除の間、居場所がないので、なんと屋根に上って本を読んでいる。大学教授か小説家か、変わり者の先生の人物像が可笑しい。本を読んだり音楽を聴いたり、休憩も入れながら、「煤払」、頑張りましょう。

晦日蕎麦

いわゆる年越蕎麦で、十二月三十一日、大晦日の夜に、蕎麦のように細く長く生きられるよう、願いをこめて食べる。気に入りの店に出かけてもいいし、家で茹でてもいい。天ぷらやかまぼこを載せると、より気分も上がる。蕎麦を啜りながら、来し方の一年を振り返り新しい一年を思うとき、おのずと敬虔な気持ちになり、心が整ってゆく。

季節とともにある暮らし。すべてを完璧にこなす必要はない。これならやってみたいな、と思えるものから取り入れてみよう。日々がひとつずつ、新しく輝く。

神野紗希（こうの・さき）
一九八三年、愛媛県松山市生まれ。高校時代、俳句甲子園をきっかけに俳句を始める。ＮＨＫ「俳句王国」司会や全国の学校への出張授業、愛媛の観光を盛り上げる「HAIKU LABO」などを通し、俳句の魅力を発信している。句集に『星の地図』『すみれそよぐ』、著書に『日めくり子規・漱石　俳句でめぐる３６５日』『もう泣かない電気毛布は裏切らない』など。

季語索引

あ

葵祭（あおいまつり） 29
青田（あおた） 52
青瓢（あおふくべ） 77
赤い羽根（あかいはね） 97
秋（あき） 80 95
秋茜（あきあかね） 89
秋草（あきくさ） 82
秋鯖（あきさば） 103
秋立つ（あきたつ） 68
秋灯（あきともし） 91
秋の酒（あきのさけ） 98
秋の昼（あきのひる） 84
秋の夜（あきのよ） 82 101
秋場所（あきばしょ） 82
秋日傘（あきひがさ） 77
秋深し（あきふかし） 94
朝寝（あさね） 14
蘆刈（あしかり） 97
畦塗る（あぜぬる） 18
あたたか 10
熱燗（あつかん） 116
網戸（あみど） 42
鮟鱇（あんこう） 145
鮟鱇鍋（あんこうなべ） 124
生身魂（いきみたま） 70
凍つ（いつ） 146
稲刈（いねかり） 86
芋嵐（いもあらし） 88
芋煮（いもに） 100
入り彼岸（いりひがん） 170
鶯餅（うぐいすもち） 156
薄氷（うすごおり） 154
埋火（うずみび） 139
独活（うど） 15
卯の花腐し（うのはなくたし） 27
鵜舟（うぶね） 49
馬洗う（うまあらう） 57
海の家（うみのいえ） 66
梅（うめ） 150
梅漬ける（うめつける） 44
うらら 171
運動会（うんどうかい） 99
枝豆（えだまめ） 84
遠足（えんそく） 14
炎帝（えんてい） 62
塩田（えんでん） 55
えんどう 24
桜桃忌（おうとうき） 44
沖縄忌（おきなわき） 47

送火（おくりび）70
おでん 144
お年玉（おとしだま）137
踊子（おどりこ）70
朧夜（おぼろよ）158
泳ぐ（およぐ）60

か

案山子（かかし）74
牡蠣（かき）117
柿吊す（かきつるす）109
陽炎う（かぎろう）13
賀状書く（がじょうかく）130
風邪（かぜ）131
風の盆（かぜのぼん）80
数へ日（かぞえび）130
鹿火屋守（かびやもり）92
花粉症（かふんしょう）158
南瓜（かぼちゃ）106
髪洗う（かみあらう）43
紙風船（かみふうせん）18
蚊帳（かや）47
刈田（かりた）97
歌留多（かるた）137
枯野（かれの）125
寒暁（かんぎょう）142
元日（がんじつ）136
寒に入る（かんにいる）137
寒雷（かんらい）143
祇園祭（ぎおんまつり）58
菊の節句（きくのせっく）82
義士の日（ぎしのひ）127
帰省（きせい）69
北窓塞ぐ（きたまどふさぐ）119
狐火（きつねび）112
衣被（きぬかつぎ）78
着ぶくれ（きぶくれ）142
胡瓜漬（きゅうりづけ）29
京菜（きょうな）151
虚子忌（きょしき）12
きりたんぽ 127
金魚鉢（きんぎょばち）38
勤労感謝の日（きんろうかんしゃのひ）118
草いきれ（くさいきれ）61
草田男忌（くさたおき）67
草笛（くさぶえ）35
下り簗（くだりやな）96
雲の峰（くものみね）66
クリスマス 131
クリスマスプレゼント 130
栗飯（くりめし）104
胡桃（くるみ）104
啓蟄（けいちつ）165
毛糸（けいと）126
敬老の日（けいろうのひ）86
夏至（げし）47
げんげ田（げんげだ）169
建国の日（けんこくのひ）154
憲法記念日（けんぽうきねんび）25
合格子（ごうかくし）157
香水（こうすい）49
ゴールデンウィーク 22

五月来る（ごがつくる）24
極月（ごくげつ）122
巨燵（こたつ）129
東風（こち）167
今年米（ことしまい）95
こどもの日（こどものひ）25
木の実植う（このみうう）161
小春（こはる）108
御用納（ごようおさめ）133
更衣（ころもがえ）38

さ

冴返る（さえかえる）157
囀（さえずり）10
左義長（さぎちょう）142
桜餅（さくらもち）170
猟夫（さつお）112
里神楽（さとかぐら）126
さむい 159
寒し（さむし）124
爽やか（さわやか）81
三月十日（さんがつとおか）169
三社祭（さんじゃまつり）31
残暑（ざんしょ）73
秋刀魚（さんま）87
汐干狩（しおひがり）12
鹿の角切（しかのつのきり）98
しぐるる 119
蜆汁（しじみじる）155
地蔵会（じぞうえ）75
時代祭（じだいまつり）103
七五三（しちごさん）115
四万六千日（しまんろくせんにち）56
霜（しも）129
しゃぼん玉（しゃぼんだま）21
秋意（しゅうい）90
十三夜（じゅうさんや）98
秋思（しゅうし）91
鞦韆（しゅうせん）11
十二月八日（じゅうにがつようか）125
秋麗（しゅうれい）95
受験生（じゅけんせい）152
修二会（しゅにえ）169
春愁（しゅんしゅう）154
春昼（しゅんちゅう）21
春分の日（しゅんぶんのひ）169
春眠（しゅんみん）18
障子（しょうじ）126
昭和の日（しょうわのひ）21
ショール 113
処暑（しょしょ）75
代掻（しろかき）26
白地（しろじ）53
新蕎麦（しんそば）105
新茶（しんちゃ）29
新年会（しんねんかい）141
新涼（しんりょう）78
素足（すあし）34
西瓜（すいか）73
水中花（すいちゅうか）48
隙間風（すきまかぜ）117
スケート 144

芒（すすき）104
煤はき（すすはき）133
雀がくれ（すずめがくれ）13
炭（すみ）141
相撲（すもう）76
成人の日（せいじんのひ）141
咳（せき）127
節分（せつぶん）150
剪定（せんてい）164
扇風機（せんぷうき）53
走馬灯（そうまとう）43
卒業（そつぎょう）172

た

大寒（だいかん）143
台風（たいふう）75
大文字（だいもんじ）71
鯛焼（たいやき）128
田植（たうえ）27
田打（たうち）14
薪能（たきぎのう）32
啄木忌（たくぼくき）14
たけがり 108
筍（たけのこ）28
獺祭忌（だっさいき）87
七夕竹（たなばただけ）68
種蒔（たねまき）13
足袋（たび）113
たんぽぽ 172
父の日（ちちのひ）43
秩父夜祭（ちちぶよまつり）122
茅の輪（ちのわ）50
茶摘（ちゃつみ）21
ちりめんざこ 152
月を待つ（つきをまつ）85
土筆（つくし）173
つくつく法師（つくつくぼうし）73
梅雨明（つゆあけ）56
梅雨ごもり（つゆごもり）48
梅雨に入る（つゆにいる）42
冬耕（とうこう）120
冬至（とうじ）130
踏青（とうせい）19
十日戎（とおかえびす）139
十日夜（とおかんや）111
時の日（ときのひ）42
登山（とざん）53
年歩む（としあゆむ）134
年惜しむ（としおしむ）134
年忘（としわすれ）134
酉の市（とりのいち）111
とろろ飯（とろろめし）90
どんぐり 108

な

ナイター 59
永き日（ながきひ）174
薺の花（なずなのはな）170
夏来る（なつきたる）26
夏座敷（なつざしき）45
夏つばめ（なつつばめ）39

夏怒濤（なつどとう）53
夏布団（なつぶとん）39
夏帽子（なつぼうし）52
夏休（なつやすみ）66
夏痩（なつやせ）53
夏料理（なつりょうり）64
七日（なのか）138
二月（にがつ）156
二月尽（にがつじん）161
虹（にじ）41
入学（にゅうがく）11
葱（ねぎ）146
涅槃図（ねはんず）155
佞武多（ねぶた）66
野焼（のやき）159

は

海贏廻し（ばいまわし）100
墓洗う（はかあらう）69
萩刈る（はぎかる）104
白菜（はくさい）115
薄暑（はくしょ）31
羽子板市（はごいたいち）128
稲架（はざ）95
葉桜（はざくら）33
鯊釣（はぜつり）87
八月（はちがつ）76
初午（はつうま）153
ばったんこ 85
初蝶（はつちょう）165
初詣（はつもうで）136
初雪（はつゆき）122
花衣（はなごろも）10
花月夜（はなづきよ）176
花菜漬（はななづけ）175
花野（はなの）81
花火（はなび）58
花吹雪（はなふぶき）10
母の日（ははのひ）28
春浅し（はるあさし）152
春一番（はるいちばん）158
春ショール（はるしょーる）170
春立つ（はるたつ）151
春の暮（はるのくれ）175
春の月（はるのつき）164
春の浜（はるのはま）16
春の山（はるのやま）16
春の闇（はるのやみ）19
春深し（はるふかし）16
春休み（はるやすみ）174
春を待つ（はるをまつ）150
バレンタインデー 155
ハロウィン 106
ハンカチ 31
ハンモック 34
ビーチパラソル 63
弾初（ひきぞめ）137
避暑（ひしょ）64
氷頭膾（ひずなます）84
干鱈（ひだら）174
雛（ひな）165
日向ぼこ（ひなたぼこ）116

ビニールプール 57
火祭（ひまつり） 76
冷し中華（ひやしちゅうか） 59
ビヤジョッキ 60
鮃（ひらめ） 111
昼寝（ひるね） 43
袋掛（ふくろかけ） 31
蒲団（ふとん） 143
冬（ふゆ） 128
冬構（ふゆがまえ） 146
冬田（ふゆた） 116
冬の星（ふゆのほし） 118
冬ひばり（ふゆひばり） 147
冬めく（ふゆめく） 120
文化の日（ぶんかのひ） 116
噴水（ふんすい） 108
糸瓜棚（へちまだな） 39
遍路（へんろ） 88
放生会（ほうじょうえ） 171
鉾（ほこ） 86
干大根（ほしだいこん） 58
119
蛍籠（ほたるかご） 39
捕虫網（ほちゅうあみ） 63

ま

松茸飯（まつたけめし） 90
松とる（まつとる） 138
祭（まつり） 28
祭船（まつりぶね） 62
マフラー 142
豆ごはん（まめごはん） 33
繭（まゆ） 27
実梅（みうめ） 38
みかん 124
神輿（みこし） 44
短夜（みじかよ） 36
水あそび（みずあそび） 61
水着（みずぎ） 62
水洟（みずばな） 147
みどりの日（みどりのひ） 25
南風（みなみかぜ） 55
身にしむ（みにしむ） 99
都をどり（みやこおどり） 19
迎火（むかえび） 70
麦刈る（むぎかる） 33
麦踏（むぎふみ） 159
麦飯（むぎめし） 35
虫籠（むしかご） 81
若布刈船（めかりぶね） 165
目刺し（めざし） 161
芽吹く（めぶく） 166
ものの種（もののたね） 167
紅葉（もみじ） 101
桃の実（もものみ） 74

や

山を攀ず（やまをよず） 53
敗荷（やれはす） 103
ゆかた 61
行く年（ゆくとし） 134
湯ざめ（ゆざめ） 141
湯たんぽ（ゆたんぽ） 145

余寒（よかん）156
夜寒（よさむ）106
吉田火祭（よしだひまつり）76
夜店（よみせ）56
蓬摘む（よもぎつむ）174

ら

ラガー 147
立冬（りっとう）111
竜淵に潜む（りゅうふちにひそむ）89
冷蔵庫（れいぞうこ）48
レース編む（れーすあむ）26
檸檬（れもん）101
六月（ろくがつ）41

わ

渡り鳥（わたりどり）94

俳句人名索引

あ

相生垣瓜人（あいおいがきかじん）117
相子智恵（あいこちえ）171
青山悦子（あおやまえつこ）141
青山茂根（あおやまもね）89
秋元不死男（あきもとふじお）131
芥川龍之介（あくたがわりゅうのすけ）136
安住敦（あずみあつし）119
阿部月山子（あべがっさんし）155
阿部みどり女（あべみどりじょ）150
雨宮きぬよ（あめみやきぬよ）141
阿波野青畝（あわのせいほ）73
飯田蛇笏（いいだだこつ）80 159
五百木飄亭（いおきひょうてい）134
藺草慶子（いぐさけいこ）147
井口荘子（いぐちとし）80
池田琴線女（いけだきんせんじょ）108
池田澄子（いけだすみこ）39 71
池内たけし（いけのうちたけし）13
石井いさお（いしいいさお）165
石川桂郎（いしかわけいろう）104
石田郷子（いしだきょうこ）16 56
石田波郷（いしだはきょう）41 68 129 165
石橋秀野（いしばしひでの）27
石原八束（いしはらやつか）32
伊丹三樹彦（いたみみきひこ）154
伊藤柏翠（いとうはくすい）76
伊藤白潮（いとうはくちょう）158
伊藤政美（いとうまさみ）120
稲畑廣太郎（いなはたこうたろう）87
稲畑汀子（いなはたていこ）64
井上弘美（いのうえひろみ）77
井上康明（いのうえやすあき）172
今井肖子（いまいしょうこ）58 151
今井聖（いまいせい）63
今井千鶴子（いまいちづこ）31
今井豊（いまいゆたか）126
今枝貞代（いまえださだよ＊）21
今瀬剛一（いませごういち）152
今橋眞理子（いまはしまりこ）34
岩田由美（いわたゆみ）73 158
岩淵喜代子（いわぶちきよこ）62
上島鬼貫（うえしまおにつら）138
上田信治（うえだしんじ）81 112
上谷昌憲（うえたにしょうけん）59
上田日差子（うえだひざし）155
上林白草居（うえばやしはくそうきょ）104
植村通草（うえむらあけび）70
右城暮石（うしろぼせき）86

宇多喜代子（うだきよこ）47
浦川聡子（うらかわさとこ）166
榎本冬一郎（えのもとふゆいちろう）33
榎本好宏（えのもとよしひろ）15 127
江國滋（えくにしげる）98
海老原真琴（えびはらまこと＊）47
遠藤若狭男（えんどうわかさお）42
大木さつき（おおきさつき）35
大串章（おおぐしあきら）87 101
大久保和子（おおくぼかずこ）31
太田うさぎ（おおたうさぎ）59 128
太田寛郎（おおたかんろう）10
太田土男（おおたつちお）119
大谷弘至（おおたにひろし）76
大野林火（おおのりんか）157
大橋敦子（おおはしあつこ）28
大牧広（おおまきひろし）112
岡崎光魚（おかざきみつお）154
岡田史乃（おかだしの）10
岡田水雲（おかだすいうん）122
岡本圭岳（おかもとけいがく）139
岡本眸（おかもとひとみ）66 128
岡安仁義（おかやすじんぎ）109
小川軽舟（おがわけいしゅう）77 94
奥坂まや（おくざかまや）24
尾崎放哉（おざきほうさい）100 150
小澤實（おざわみのる）131
落合水尾（おちあいすいび）19
越智友亮（おちゆうすけ）95
小野あらた（おのあらた）66 156

か

櫂未知子（かいみちこ）48 55
各務支考（かがみしこう）29 133
鍵和田秞子（かぎわだゆうこ）67 165
加古宗也（かこそうや）118
片山由美子（かたやまゆみこ）91 119
桂信子（かつらのぶこ）24
加藤静夫（かとうしずお）115
加藤楸邨（かとうしゅうそん）53 143
加藤知世子（かとうちよこ）151
金子兜太（かねことうた）34 69
鎌倉佐弓（かまくらさゆみ）158
神生彩史（かみおさいし）84
亀田虎童子（かめだこどうし）16 174
川崎展宏（かわさきてんこう）175
川端茅舎（かわばたぼうしゃ）73 127
河東碧梧桐（かわひがしへきごとう）104
きくちつねこ 74
北見弟花（きたみていか）13
喜納とし子（きのうとしこ）41
京極杜藻（きょうごくとそう）96
清崎敏郎（きよさきとしお）153
木割大雄（きわりだいゆう）25
草間時彦（くさまときひこ）48 75 103 142
久保田万太郎（くぼたまんたろう）28 145
熊谷愛子（くまがいあいこ）125
栗林一石路（くりばやしいっせきろ）57
黒川悦子（くろかわえつこ）25
黒崎かずこ（くろさきかずこ）33 56
黒柳召波（くろやなぎしょうは）86

高篤三（こうとくぞう）100
神野紗希（こうのさき）130 144
古賀まり子（こがまりこ）106
後藤立夫（ごとうたつお）39
後藤比奈夫（ごとうひなお）58 137
後藤夜半（ごとうやはん）62
近恵（こんけい）142

さ

齋藤朝比古（さいとうあさひこ）130
西東三鬼（さいとうさんき）26 67
榮猿丸（さかえさるまる）16 137
阪田昭風（さかたしょうふう）157
佐々木建成（ささきけんせい）69
佐藤文香（さとうあやか）35
佐藤郁良（さとういくら）172
沢木欣一（さわききんいち）55 133
塩川雄三（しおかわゆうぞう）97
篠崎央子（しのざきひさこ）90
篠田悌二郎（しのだていじろう）26
篠原鳳作（しのはらほうさく）62
清水嘉子（しみずよしこ）42
清水良郎（しみずよしろう）137
下坂速穂（しもさかすみほ）98
下村槐太（しもむらかいた）45 152
下村ひろし（しもむらひろし）161
杉田久女（すぎたひさじょ）10 61 113 167
杉原祐之（すぎはらゆうし）44
鈴木牛後（すずきぎゅうご）61
鈴木しげを（すずきしげお）34
鈴木花蓑（すずきはなみの）152
鈴木真砂女（すずきまさじょ）38 78 116 161
鈴木六林男（すずきむりお）26
須藤常央（すとうつねお）60
関悦史（せきえつし）146
関森勝夫（せきもりかつお）14
染谷佳之子（そめやかのこ）169

た

髙田正子（たかださこ）164
高野素十（たかのすじゅう）27 70 97 159
高野ムツオ（たかのむつお）120
鷹羽狩行（たかはしゅぎょう）81 95 144
高浜虚子（たかはまきょし）90 134 156
高浜年尾（たかはまとしお）82 103
田川飛旅子（たがわひりょし）14
瀧春一（たきしゅんいち）43
竹下しづの女（たけしたしずのじょ）36 112
田中裕明（たなかひろあき）88
田畑三千女（たばたみちじょ）10
炭太祇（たんたいぎ）82
茅根知子（ちのねともこ）172
千葉皓史（ちばこうし）154
千原叡子（ちはらえいこ）43 136
津川絵理子（つがわえりこ）21
津久井健之（つくいたけゆき）13

辻田克巳（つじたかつみ）111
対馬康子（つしまやすこ）43
辻桃子（つじももこ）12
津田清子（つだきよこ）98 169
出木裕子（できゆうこ＊）44
寺井谷子（てらいたにこ）38 91
寺島ただし（てらしまただし）57 103
寺山修司（てらやましゅうじ）14 111 146
照井翠（てるいみどり）169
富沢赤黄男（とみざわかきお）118
富田直治（とみたなおじ）116
富安風生（とみやすふうせい）99 156
富吉浩（とみよしひろし）52

な

中井陽子（なかいようこ）99
中島斌雄（なかじまたけお）90
中田尚子（なかたなおこ）61
中田美子（なかたよしこ）75
中原道夫（なかはらみちお）84
中村草田男（なかむらくさたお）21 150
中村苑子（なかむらそのこ）174
中村汀女（なかむらていじょ）38 106 164
中本真人（なかもとまさと）69 97
夏目漱石（なつめそうせき）68 174
名取里美（なとりさとみ）50
奈良文夫（ならふみお）159
成田千空（なりたせんくう）27 66
鳴戸奈菜（なるとなな）28
西村和子（にしむらかずこ）18 81 116
西村麒麟（にしむらきりん）85
西山泊雲（にしやまはくうん）161
西山ゆりこ（にしやまゆりこ）22
野口る理（のぐちるり）122 174
能村登四郎（のむらとしろう）82 171

は

橋本榮治（はしもとえいじ）44
橋本多佳子（はしもとたかこ）39 53 169
長谷川櫂（はせがわかい）170
長谷川かな女（はせがわかなじょ）31
長谷川素逝（はせがわそせい）126
波多野爽波（はたのそうは）33
八田木枯（はったこがらし）147
林田紀音夫（はやしだきねお）45
林雅樹（はやしまさき）118
原石鼎（はらせきてい）92
日下野由季（ひがのゆき）170
蟇目良雨（ひきめりょうう）70
日野草城（ひのそうじょう）31 130 167
平畑静塔（ひらはたせいとう）104
広渡敬雄（ひろわたりたかお）43
深田雅敏（ふかだまさとし＊）105
深見けん二（ふかみけんじ）52 108
福田甲子雄（ふくだきねお）86
福田蓼汀（ふくだりょうてい）53
福永耕二（ふくながこうじ）49
福永法弘（ふくながのりひろ）127
藤沢樹村（ふじさわじゅそん＊）130
藤田亜未（ふじたあみ）39

藤田湘子（ふじたしょうし） 60
藤田直子（ふじたなおこ） 95
布施伊夜子（ふせいよこ） 56
坊城俊樹（ぼうじょうとしき） 117
保坂敏子（ほさかとしこ） 74
保坂リエ（ほさかりえ） 124
星野立子（ほしのたつこ） 64 101 173
星野恒彦（ほしのつねひこ） 12
星野椿（ほしのつばき） 85
細川加賀（ほそかわかが） 141
細谷喨々（ほそやりょうりょう） 142
堀口星眠（ほりぐちせいみん） 82

ま

前田普羅（まえだふら） 78
正岡子規（まさおかしき） 84 170
正木ゆう子（まさきゆうこ） 47
松尾芭蕉（まつおばしょう） 49 94 170
松倉ゆずる（まつくらゆずる） 11
松崎鉄之介（まつざきてつのすけ） 134
松本恭子（まつもときょうこ） 101
松本たかし（まつもとたかし） 176
松本てふこ（まつもとてふこ） 145
黛まどか（まゆずみまどか） 66 165
三木基史（みきもとし） 21 108
三沢久子（みさわひさこ＊） 29
水田光雄（みずたみつお） 63
水原秋桜子（みずはらしゅうおうし） 100
三橋鷹女（みつはしたかじょ） 11 53
三橋敏雄（みつはしとしお） 124
南十二国（みなみじゅうにこく） 89
宮津昭彦（みやつあきひこ） 146
村上鬼城（むらかみきじょう） 14 116 143
村上鞆彦（むらかみともひこ） 42
村山古郷（むらやまこきょう） 88
森下秋露（もりしたしゅうろ） 57
森澄雄（もりすみお） 18 175
森田かずを（もりたかずお） 95
森田峠（もりたとうげ） 124
森田智子（もりたともこ） 76

や

矢口晃（やぐちこう） 124
矢島渚男（やじまなぎさお） 143
安原葉（やすはらよう） 111
矢野玲奈（やのれいな） 115
山口誓子（やまぐちせいし） 141
山口青邨（やまぐちせいそん） 122
山口素堂（やまぐちそどう） 108
山口優夢（やまぐちゆうむ） 19 175
山崎聰（やまざきさとし） 25
山﨑千枝子（やまざきちえこ） 138
山下知津子（やましたちづこ） 126
山田閏子（やまだじゅんこ） 111
山田弘子（やまだひろこ） 137
山田露結（やまだろけつ） 125
結城昌治（ゆうきしょうじ） 128
雪我狂流（ゆきがふる） 53
横山白虹（よこやまはくこう） 147
与謝蕪村（よさぶそん） 71 129 139
吉屋信子（よしやのぶこ） 48

わ

若井新一（わかいしんいち）18
鷲谷七菜子（わしたにななこ）75　112
和田華凜（わだかりん）19
和田耕三郎（わだこうざぶろう）87
和田悟朗（わだごろう）142
渡辺恭子（わたなべきょうこ）29
渡辺水巴（わたなべすいは）155

＊印のある作者氏名の読みは、資料等で確定できなかったため、編集部で暫定的に付したものです。

文　赤田美砂緒
写真　毎日新聞社
デザイン　戸塚泰雄（nu）

暮らしの歳時記365日

印刷　2023年3月20日
発行　2023年3月30日

編者　俳句αあるふぁ編集部
発行人　小島明日奈
発行所　毎日新聞出版
〒102-0074
東京都千代田区九段南1-6-17 千代田会館5階
営業本部　03-6265-6941
図書第一編集部　03-6265-6745
印刷・製本　光邦

ISBN 978-4-620-32773-0